中村文則

列

The Line

Nakamura Fuminori

講談社

列

——この世界には列が多過ぎる。

第一部

灰色の鳥

その列は長く、いつまでも動かなかった。

先が見えず、最後尾も見えなかった。何かに対し律儀さでも見せるように、奇妙なほど真っ直ぐだった。

「……それ、やめてくれないかな」

背後から声がする。私は振り返っていた。

「さっきしてた、その動き。……癖なんだろうけど、左に、何て言うの、その、重心傾けて、すぐ右に、また重心傾けるよね」

言った中年の男は、肩が盛り上がり蟹に似ていた。背は低く目が細い。赤く薄い唇が濡れていた。

「ずっとここで、いま俺ら動けないわけだから。それを何か、こう、いちいち見せられると、苛々するから」

どこか遠くで、鳥のような何かが苦しげなうめき声を上げた。他人は他人に対し、どこまで要求することができるのだろう、と私は考えていた。考えながら、ならあなたも、とは言わなかった。ならあなたも、数秒おきにする、その無意味な舌打ちをどうにかしろとは。他にもあなたの口からは、何やら唾液音がするとも言わなかった。食べる時も汚い音がするのだろうとも。その癖に気づかないのは、誰とも食事をしていないからで、あなたの孤独の証明だとも。自分の泡もすする貪欲な蟹を連想した。

「気をつけます」

私は言い、自分の動きを止めた。彼は満足したようだった。この蟹は何て愚かなのだろう。他人を思い通りにしたことに、恥を感じていない。彼の近くにいたくない。でも今はここから動くことができない。

思い出したのは、いつだったか、満員のエレベーターに乗った時のことだった。私は屋上の喫煙所を利用するため不快なデパートに入り、帰りにエレベーターの故障に巻き込まれた。八台のうち六台が動かず、二台の反応の鈍いエレベーターが、苛立つ大勢の客達の相手をしていた。

かなり待ち乗れたが、密集していた。知らない他人達の口や鼻から透明な息が出、互いの喉や肺で混ざり合い、また吐き出され透明なまま交換されていく。嫌悪で呼吸を止めた時、すぐ途中の階でエレベーターが気だるく緩慢に開いた。そこに待っていた大勢の客達の先頭に、赤いベビーカーを押す女がいた。

満員で乗ることはできない。待っていた者達の吐く息を越えるように、女が甲高い声を上げた。

「誰か降りてください。私もう、ずっと待ってるんです。たっ君もしー君も」

女の双子用の赤いベビーカーには、それぞれ無表情の赤子が収まっていた。エレベーター内の客は誰も動かない。私は女の言葉に強い感動を覚えた。

私は降りた。私が降りたことで、共に来ていた女性も降りた。だがそのスペースでは、双子のベビーカーの女は乗れない。

「ありがとうございました。もういいです」

女は言う。まるで私と連れていた女性が正しく、降りなかった者達が不正であるというように。私はまた感動しながら、密集するエレベーター内に戻った。共に来ていた女性も戻る。客達から沈黙の非難を感じた。なぜ譲ろうとしたのだと。遅くなるだろうと。

「親切じゃないんだよね？」

共に来ていた女性が、デパートを出たとき言った。外で待機していた乾いた空気が首や頬を撫でた。馴れ馴れしく。

私が感動したのは、彼女のエゴについてだった。あのようなあからさまなエゴを吐きながら、堂々と生きている彼女に感動したのだった。その人間の際限のなさに。エレベーターを降りることで、彼女の行為を未遂ではなく、しっかり実現させたかった。そうすれば、彼女の人生がその分汚れることになり、私の感動も達成するから。

「親切というか、面倒になったからね。もう乗ればっていうか」

私の返事はそれらしかったようだった。でも彼女は納得しただろうか。

私はその時を思い出しながら、背後の蟹の男にわかるように、自分の腰を撫でた。体重移動を禁じられた結果、腰が痛いというように。あなたの悪が、今この場所に出現したのだというように。あなたのせいで腰を痛める人間が現れ、あなたは見ただけでくだらない人間とわかるが、この光景はやはりあなたがそうだったことの証明なのだと。

やり過ぎないよう加減した。意図的と思われないように、つまり私が責任を取らない形で相手を不快にさせたかった。

背後の蟹には、まだ唾液音以外のどのような気配もない。私は、腰を撫でる動作を少し大きくした。頻度も増やした。

私は腰を撫でた。意図的と思われずに、どこまでできるだろう？　もう少し大きくできるだろうか。私は腰を撫でた。

「……やめろよ」

ようやく背後から声がした。私は腰を撫でた。何のことかわからない方が、本当らしかった。

「それ何、……当てつけ？」

「何がですか」

私も声を出した。腰を撫でた。

「だから、俺が動くなって言ったから」

私は腰を撫でた。声にそれらしい感情を入れた。

「あ、ああ、痛めてるんです。だから動かさないと……」

私は言いながら、腰を撫でた。やり過ぎている、と思ったが、試す気持ちよさが勝っていた。私達の争いを、列に並ぶ者達が無言で聞いている。どちらの味方もせず、黙れと思っているだろう。

このような場所で起こりそうな、よくあるトラブルだと思うと、少し気持ちがよくなっていた。私の癖かもしれない。その場が誘発するありがちな行為をすると、少し喜びを覚える。退屈だからだろうか。もしくは、他人の真似を演技でする時の、あの正体を隠すような安堵がいいのだろうか。

「腰を撫でるのも、駄目ですか」

私は続ける。でも少し飽きていた。最近は、感情が持続しない。

「それはさすがに、うーん……」

「黙れよ」

「え？　なら」

私は言う。思いついた言葉に急に緊張した。

「嫌なら、あなたがこの列から離れれば……」

私の言葉に、蟹が沈黙する。私達の周りの、特に蟹より後ろに並ぶ者達が、不意に私達に熱い注意を向けたのがわかった。彼が離れれば一人減る。

私がわざと蟹を苛立たせ、脱落させるため怒らせたと周囲は考えたかもしれない。違ったが、それでもよかった。

だが蟹は押し黙り、列から離れなかった。蟹より後ろの者達が失望の息を吐く。また始まった蟹の舌打ちを聞きながら、私は前を向き、身体の重心を左に傾け、またすぐ右に移動させた。蟹は舌打ちと唾液音を繰り返している。私は再び重心を右に傾け、すぐ左に動かした。逆だったろうか。どっちだったろう。近くの地面には、誰の仕業かわからないが、「楽しくあれ」と書かれていた。

探りを入れてもよかったかもしれない、と私は思っていた。あなたはなぜ、この列に並んでいるのかと。三羽の灰色の鳥が頭上を横切っていく。そうだ。私は気づく。この鳥が出現すると、私は少し前のことを忘れてしまう。あれは〝アマゾンの声〟と呼ばれる鳥。アマゾンにいるムジカザリドリで、こんなところにいるはずがない。

他の者達も、この鳥を見ているのだろうか。私と同じように、少し前のことを忘れるのだろうか。自分が何のために並んでいるのかを、他の者達は知っているのだろうか。

いや、このことはまだ考えたくない。スクロールする画面を長く見せられた後のように、ごく軽い吐き気とともに頭がぼんやりし始めていた。あの鳥達を見るべきではなかった。

多色の鳥

「すみません。……ちょっといいですか」

前に並ぶ藍色のスーツの男が、私に言った。若く、背が高い。目が鈍い鉄色に見える。彼の眼鏡の反射のせいだろうか。

「このバッグ、……見てもらえますか」

男は、黒いビジネスバッグを地面に置いた。合皮のようで、くたびれている。

「……えっと？」

「はい、ちょっと、前見てこようと思って」

私は驚く。鼓動が乱れていく。

この男はバッグを身代わりに置き、自分がいた証拠とし、列の前を見に行こうとしていた。マウンテンジャケットを着ているだけで、私に荷物はない。同じことができない。

「ヨーロッパを旅行した時に、買ったものなんですけどね」

「先を見て……、どうするんですか」

「いや、でも、気になるじゃないですか」

この男は、自分が何のために並んでいるのか、知っているのだろうか。

「気になる？　それは、……その、どれくらい前に並んでるか、をですか。それとも」

聞くべきだろうか。聞くべきだ。

「一番先頭が、……その、どんな風かを？」

私の言葉を、男は鉄色の目を引きつらせ聞いていた。男は緊張していた。

「このバッグ……、ヨーロッパで買って、まあ珍しいやつなんですが、これ見ててくれたら」男が言う。返事の代わりのように。

「どれくらい並んでたか、……それと、一番前がどんな風だったか、教えますから」

取引が成立しようとしていた。私は頷く。男はしなびたバッグを自分がいた場所に置き、私の顔を意味ありげに見つめ、列を離れた。近くの地面には、誰の仕業かわからないが、「楽しくあれ」と書かれている。

前へ遠ざかっていく彼の背を見ながら、羨望の感覚が湧いた。彼は今、列とは違う場所で手や足を動かしている。思う通りに方角を変え、どこにでも行くことができる。しかも帰って来られるという。

こんなことが許されるだろうか。

「そのカバン、脇どけない?」

後ろから湿った声がした。私は振り返っていた。

「どければいいよ。邪魔だし」

背後で言った中年の男は、肩が盛り上がり蟹に似ていた。背は低く目が細い。赤く薄い唇が濡れていた。

「うん、そうした方がいい」その男の背後からも声がする。

「もう、そこに誰もいないんだし」

それはできない。私は男と約束をした。取引も。

「だってそのカバンどけれぱ」また蟹に似た中年の男が言う。

「俺ら一歩進めるじゃん」

鼓動が微かに乱れた。それはそうだった。

「あの男が戻ってきても、俺達が味方するし問題ない。不在は罪だよ。前の連中は、俺達が後ろでありさえすれば、俺らの争いに興味はないよ。別に義理とかないし面倒で黙る」

私より前の者達は、確かにさっきから何の反応もない。自分達の後ろに大勢がいることを十分意識しながら、前しか見ていない。だが彼らは時々、後ろを振り向きこちらを見ることがある。あれは我慢ならない。うわ、後ろにこんなにもいるのかという風に。自分も前から見られれば、その一人に違いないのに。

「だってそうだと思うよ。ちょっとカバン持ってたからって、あんなこと許されるはずない。これはみんなのためだよ。ちょっとカバン持ってたからって、大体、荷物とか置けばその場所取れるとか法律あるか？　だれ決めたの？　そのカバンが、帰ってくる男のもんかもわからないじゃんか。ちょっとカバン持ってたからって。わざわざブランドのロゴ見えるように置いてるぞこれ。多分偽物だよ」

「でも」

「なら俺やる。……いい？」

私は返事をしなかった。この悪に無関係なまま得をしたかった。

「止めない、ね？　なら同意だ。間接的同意。現代的同意」

背後の蟹に似た男が私のほぼ隣に来る。彼が右足をやや引きずっているのに気づく。カバンに向かう。

「ちょっと待ってください」私は言っていた。「僕の前に入らないでっていうか。バッグ取るのは別にいいですけど、前に入らないで。入ろうとしたら、僕つめますから」

男が動きを止め、背後を見た。後ろをつめられ、私も前をつめ後ろがすぐ続けば、男は列から追い出される。

「つめないでくれよ」男が自分の後ろの人間に言う。場が緊張した。

男が私の前に入れば彼は二人分進み、私は前に行けず、でも後ろの人間達は男が前に行った分は進める。しかし男が列から出されれば、私は一人分進むだけだが、後ろの人間達は二人分進める。

「一人分進むことができる。それで十分でしょう？　多くを望んじゃいけない。人生の鉄則ですよ」男が後ろの人間に続けて言う。「だからそのままで、いいですね？そもそも、私がやるから進めるんだし」

蟹に似た男はバッグをどけたら戻る前提で言う。だが私は男の動きを注視する。妙な真似をしたらすぐ前をつめるつもりだった。

男は私のやや後ろ隣にいる状態から半歩前に出、私にそれ以上行かないと示しながら背後を確認し、屈んでバッグを摑み列の左前方に投げた。なぜその方向へ投げたのだろう。前の人間達への当てつけだろうか。男がすぐ私の後ろに戻る。不正を働く者同士の公平な連帯に、私は安堵し息を吐いた。恐らく蟹に似た男も、蟹の後ろの人間達も。

「……ほら」

蟹が私を促す。私はバッグのなくなった空間に一歩足を出す。身体が前に動く。胸から喉へ、温かな温度が突き上げるようだった。口角が上がっていく。私は一歩前に出た右足に続き、左足も前に出した。前に進んだ、という感覚。鼓動が痛いほど速くなり、両肩が内側から震えた。喜びが治まらない。私の背後で、私と同じ動きをする大勢の呼吸が喜びで乱れている。声も至るところで漏れている。前にいけた。私は一歩進んだ。当然だが見える風景が少し変わる。

視界に、藍色のスーツの男が前から戻る姿が入った。早過ぎる。私は少し驚いたが、でも喜びでそれどころではなかった。上がった口角を下げることができない。私は男と目を合わせないまま、何か別のことを考える振りをした。なぜこの列はこんなに長いのかと、今さら不満に思っているような。痒くない腕を搔いた。

「そんな」

藍色のスーツの男は恐らく私に言ったが、でも私は喜びでそれどころではない。

「酷いじゃないですか。バッグ見ててくれるって言いましたよね？」

「そんなルールないよ」

背後の蟹がすぐ言った。その速さがいいと思った。

「他人をあてにした奴が悪い。あなたの責任だよ。それに見てみろって。今さらこの数の人間に一歩下がれって言うの？　社会って数だよ」

藍色のスーツの男が列の背後に鉄色の目を向け、また私に視線を戻す。私はまた痒くない腕を搔いたが、彼はそこまで失望していない、と不意に気づく。もうそれほど列に未練はないのに、八つ当たりというか、何かを私にぶつける様子に感じた。

「……前には、何が？」

思わず言った瞬間、後悔に気づく。聞く必要はない。喜んでいる今は。

鉄色の目を見開き、男が奇妙に突き出た唇を歪ませた。笑みだと思った。

「……聞きたいですか」

「言う必要ない」また蟹の声だった。叫びに近い響きだった。

「あれだろ？　早過ぎる。列が長過ぎて、これ以上見ると失望するから途中で戻った。そうでしょう？　言ったらなんだけど、あなた臆病者だよ。卑怯者って言ってもいい。ちょっとカバン持ってたからって。普通の人間とは違うことするみたいな、特別意識でもあったのか？」

男は驚いた様子で蟹の男を見、列の向こうにある、自分のくたびれたバッグに視線を向けた。拾うため、私から数人分ほど前の辺りを横切ろうとし、そこの人間に止められる。

それはそうだろう。間に入られたらたまらない。

「もういい。うんざりです」

男は言うと後方へ、こちら側に歩き出した。私達を通り過ぎた。

「バッグは？　ヨーロッパで買ったんでしょう？」

「いりませんよ。別にその中に、元々大事なものなんて何も入ってない。事務所で買い替えた、安物の冷蔵庫の領収書だけだ」

ならどこに何が入っているんだ、と私は言わなかった。そもそも大事なものなど何もないだろうとも。

「僕はもう並びません。この先を見ましたから。この先は」

「嘘だ」蟹が遮る。

「もう行けよ。こっちもうんざりだわ。この人数相手にできないだろ？」

藍色のスーツの男は茫然と立っていたが、また奇妙な笑みを浮かべ、私や沈黙する列の人間達を見た。二つの鉄色の目で軽蔑する風に。続けてゆっくり動き出した。彼が地面に書かれた「楽しくあれ」の上を歩いたことで、文字が判別できなくなる。彼は後方に去った。

「彼は一度帰ろうとするかもしれんけど、途中で迷って、結局また並ぶよ。最後尾に」

蟹が言う。そうだろうか、と私は思う。でもどうでもよかった。前に進めたから。

私の口角は上がり続けている。

「あのさ、別にいいんだけど」

蟹が言い難そうに続けた。彼の顔にも、前に進んだ笑みが残っている。

「その、あなたの、……重心変える癖？　みたいなのをさ、少しでいいんだけど、減らしてくれないかな」

私は気づく。確かに私は、その動きをよくしている。

「ずっと見てると、気になるというか、いや、別にそれほどでもないんだけど」

私は笑みを浮かべる。控えめな相手を安心させるために。

「すみません、ずっと見てると、苛々しますよね。気をつけます」

「いや、なんかこっちもごめん。別にずっとじゃなくて、ちょっと減らしてくれたら」

あなたの舌打ちも止めてくれたら、と冗談風に言おうとし、やめることにした。私は前に進めたから。機嫌がいいから。まだ喜びで鼓動が治まらない。

遥か頭上に、三羽の多色の鳥が旋回していた。あれはケツァール。世界で最も美しいと称される鳥。こんなところにいるはずがない。何だったろう、と私は思う。この鳥をここで見た時、確か何かを忘れることはないはずだが、何かが見えるのではなかっただろうか。

でも思い出せない。なぜ上など見たのだろう。この色の鳥を、見るべきではなかっただろうか。

木を殺す木

隣の列が、少しだけ動いた気がした。

気のせいだろうか。隣に列ができたのは、いつからだろう。しばらく治まっていたのに、また背後の舌打ちが聞こえ始めた。隣の列のせいかもしれない。前に進めたから今は注意しないが、一定の間隔で起こるそれが気になり始めた。

「……あっちは、どうなんでしょうね」

藍色のスーツの男が消え、私のすぐ前になったタートルネックの男が言う。私達から十五メートルほど離れたその右側の列に、奥二重の目を向けている。

「今、進んでませんでしたか。気のせいでしょうか」

私達が並ぶ地面は砂利の目立つ土で、所々荒れた芝生も見える。左側の七メートルほど離れた場所に、いくつか木々が並ぶ。十五メートル余り離れた、右側の列の向こうにも疎らに木が並ぶ。木はどれもイチジク属で、つまり絞め殺しの木だった。

「あ、ほら」

「……本当だ。動きましたね」

イチジク属などの木が他の木に絡まり、絞め殺すように覆い、やがて実際に殺すと知ったのは高校生の頃だった。殺された木は枯れ、そこに空洞が残る。日光の獲得を争う結果だが、木もそうなのか、と思ったのをよく覚えていた。木もそうなら、もうこの世界はどうしようもないと。

当時交際していた女性に言った時、嘘だと彼女は返事をした。彼女は花を育てるのが好きだと自分で思っていたので、聞きたくなかったのだろうと考えた。

彼女は優しい女性で、残酷なものや理不尽なものを見るのが耐えられなかった。だから彼女からするとこの世界に貧困はあるがそれはやがて誰かが解決してくれることであり、何か悲劇が社会で起こったとしても、その被害者は前向きに人生を生きるはずだった。そうでないケースは聞きたくなかった。社会の問題は皆が言うほど大したことではなく、それは前向きな何かですぐ解決されるはずのものだった。

私は失敗を取り繕うため、自分の言葉を否定した。よく覚えていないが、彼女が望む何かを言ったはずだった。私が興味があったのは彼女の身体だけだったから。私は彼女が嫌いだったのだろうか。もしかしたら、彼女が怖かったのかもしれない。私の身に何かが起こった時、前向きさを求められるのだろうと。私がそうでなかった場合、見たくないと思われるのだろうと。

隣の列は、確かに動いていた。二歩、三歩と進んだ時、一気に流れ始めた。

「ああ」

前のタートルネックの男が思わず声を上げた。こちらの列が酷くざわついた。私も隣の動く列を茫然と眺めた。私の位置から見て右側の果てにいた前屈みの老人は、もうその列の左側の大分先にいる。彼らは私達にチラチラ視線を送り、自分達の列の進みを、きちんと動く列に並んでいる自分達を、見せつけようとしていた。背後で舌打ちが鳴った。隣の列の動きはやがて止まったが、またすぐ動き出す気配に満ちていた。

「あっちの方が、……どう思います？」

タートルネックが私に言う。彼は身体が大きく、彼より前方に並ぶ女性を私の位置から隠していた。前の人間達が僅かに動く度、やや遠くに女性の後姿が垣間見えたのだった。

「確かに。あっちの方が」

私は言った。だが隣の列の先が、この列の先と同じとは限らなかった。全く違う何かのための列かもしれない。

「俺、行こうかな、あっちに」

隣の列を奥二重で凝視しながら、タートルネックは言う。彼がいなくなれば一歩進めるだけでなく、女性に近づける。すぐ前が女性なら少しはいい。長時間眺めるならその方がいい。

隣の列の向こう側に、いくつか他の木も残っているのに気づいた。何の木かわからないが、やはりそれぞれイチジク属の木に絡みつかれている。木はどれも逃れようとやや斜めに伸びているが、枝のような根に巻きつかれ身体の大半を覆われ、一部は既に枯れ始めている。空洞になるだろう。

「あっちの方が動いてますね」

私が見たままを言うと、タートルネックは「一緒にどうです」と誘った。

男は自分の判断の正しさを、私の同意で補強しようとしていた。また高校生の頃のあの女性がよぎった。彼女も人の真似をしたがった。

「もし私が隣の列の様子を見に行くと言っても、……あなたや、あなたの後ろの人達は同意しないでしょう？」

さっきの藍色のスーツの男の騒ぎを、タートルネックも知っている。彼は顔の向きを一瞬変え、目で左前方のバッグを指した。安い合皮に見える薄いそれは、遠くの地面に落ちたままだった。

「なら、……行くしかない。どうですか。ああ」

タートルネックが言い終わらないうち、隣の列がまた動いた。

隣の列はとうとう、歩く速度で動き始めた。前屈みの老人はもうかなり左側へ進みよく見えない。何であの列ばかり、と私は思っていた。あの列とこの列の、何が違うというのだろう。

同じく高校生の頃、女子の一部に聡明さを感じたが、話を合わせ表面で笑いながら、男子は全て馬鹿だと思っていた。そこで自分の思考を進めるため、一つの挿話を考えノートに書いた。ある場所で周囲を馬鹿ばかりだと思っている男Aと、別の場所で周囲を馬鹿ばかりだと思っている男Bが出会う。男Aと男Bは、果たして友人になるだろうか。

初めは意気投合するかもしれない。でも互いを次第にそう賢くないと感じ始め、結果的に馬鹿と判断するだろう。その結末が浮かんだ時、生きていたくないと思った。隣の列が動いていく。愚かそうな者達の列が。誰もがみっともない喜びで顔を上気させている。また彼らはチラチラこちらを見た。自分達の動く列を、我々がしっかり見ているか確認する風に。そして、うわ、見てみろ、あっちはあんなにも動いていないという顔をした。可哀想に、列が動いていないのは、彼らの能力が低いせいだというように。もしくは生まれ持った運命だというように。背後で舌打ちが鳴った。

「僕は行きます。あなたは?」

耐えられなくなったタートルネックが、叫ぶ風に言う。私は行きたくなかった。あんな馬鹿みたいに顔を上気させている連中のところになどは。彼らに、こっちに来たと思われたくなかった。ただあの列に止まって欲しかった。そしてこの列が動いて、あっちの列より動いて、それをあの連中に見せたかった。

「ああ、ちくしょう。何であっちばかり」

タートルネックが列を離れた。その行動に嫉妬を感じ、すぐ前に進み間を詰めた。戻れない厳しさを見せ、少しでも後悔させるために。だが前に進んだ、と思った瞬間、自分の顔が喜びで上気したのがわかった。他にも列を離れる者が現れた。

私のすぐ前になったTシャツの男も列を離れた。私は陶酔するようで視界が微かに霞んだ。私はまた前に行き、また前の男が離れたことでまた前に進んだ。一気に三人分も。私の後ろもそれに続く。私の列が動き出した。さらに勢いが加速する。私は喜びで思わず不明瞭な声を漏らしていた。また進んでいる。私が、前に。

もしかしたら、向こうの列が動いた理由も同じかもしれなかった。私達の列の、たとえば遥か前方が——私の位置にまで影響が来るにはまだ距離があるほどの遥か前が——動いていて、それを見た隣の列の同じく前方がこちらに来るため列を離れ、それを見た私達が同じことをしているというような。なら我慢するだけ私は前へ行ける。

「どうですか。行かないのですか」

背後の中年の、蟹に似た男が私に声をかける。あなたこそ、とは言わなかった。彼には後ろにいて欲しかった。自分の後ろには、大勢いて欲しい。まだこんなに、後ろに人がいると思いたかった。

自分が最後尾だったら、と想像する。耐えられない。最後尾なら、列に並ぶ意味はない。後ろに人がいなければ、列に価値はない。

「あなたは?」

私は背後の男を無視し、私のすぐ前になった青年に声をかけた。髪がカールしている。右の耳の上半分が欠損している。

「迷ってます。どうしよう」

髪がカールした青年の前は女性だった。僅かに姿が見えていた女性。紫のワンピースの女性。でも私は彼を急かしたくなかった。彼からは別に、不快さはそれほど感じないから。彼は私より若い。だから私が世界を嫌っているとしても、彼にその責任は薄い。

「あなた若そうだから、やり直しもきくでしょう」

でも私は言っていた。これは、彼を促している言葉だろうか。

「ああ、もちろん若いからと言って、……あ」

言いながら気づいた。

「あそこにいる人、この列にいた人じゃないですか」

隣の列に、さっきの鉄色の目の、藍色のスーツの男がいたのだった。彼がこの列を離れてそれほど間はない。だが彼はもう私達とほぼ同じ位置まで来ている。

彼はまだこちらを見ていない。今なら彼に見られないまま、屈辱を感じずあの列に行ける。

「え？　本当ですか。耳をそばだてて聞いてはいましたけど、顔見てないから」

「本当です。まじか」

私も離れた方がいいかもしれない。でももしこの列を離れた瞬間、あの列が止まったら、この列が急に動き出したらと考えた。

鼓動が乱れていく。どうすればいいだろう。どこか遠くで、鳥のような何かが苦しげなうめき声を上げた。前方で列から離れた者達が次々後ろへ、つまりあの列の最後尾へ向かっている。判断が遅れるだけ、私はあの列の後ろに行くことになる。こういうのは耐えられない。いつもそうだ。私は判断が遅い。

「僕行きます。じゃあ」

髪がカールした青年が列を離れた。彼の顔を初めてまともに見る。迷いから解放され、決心のついた薄い眉や細い目が活気を帯びていた。半分ほど欠損した耳も、頬も微かに上気していた。自分も離れるか、と思った瞬間、あの列にいる藍色のスーツの男が、別人と気づく。

「あ」

私は若い彼を言葉で止めようとした。でも私の前が空く。否応なく口角が上がる自分を感じた。また私は前に進める。

「早く。ほら」

背後の男が私を急かしたのと同時に、私は前をつめた。また身体に熱を感じた。さらに私のすぐ前が女性になっている。紫のワンピースを着ている。

この列の動きが急に鈍くなり、隣の列の動きも遅くなり始めた。止まると思ったと同時に二つの列が止まった。既に列から離れていた者達の中には、広くなった場所で茫然と立ち尽くす者もいた。私は動かなかったことで得をしている。卑劣さを帯びた得だが、口元の角度はそれほど変わらなかった。遥か前方にあったあのビジネスバッグが、今はもう左の少し前にある。

旋回する三羽の多色の鳥が二羽になっていた。一羽になり、隣の列が薄くなり見え難くなる。鳥が全て消えた時、隣の列も見えなくなった。

こんな風だったろうか。入れ替わるように、三羽の灰色の鳥が頭上を横切っていく。〝アマゾンの声〟。そうだ。あれを見ると、私は少し前のことを忘れてしまう。頭がぼんやりとし始めていた。私の言葉で列を離れた若い男の顔が浮かぶ。カールした髪。よりやりたいことを望んだ目と眉。行動した目と眉。なぜ私は勘違いしたのだろう。私の無意識が、彼をどかすためわざと錯誤した可能性を考えた。

忘れたかった。あの鳥達を見てよかった、と私は思っていた。

椅子

「……あれ、何だと思います？」

言った背後の中年の男は、肩が盛り上がり蟹に似ていた。背は低く目が細い。赤く薄い唇が濡れている。

私も気になっていた。列の少し前の左側の地面に、くたびれたビジネスバッグが落ちている。

「あんなの、あったかな……。何か知らないですか」

「……さあ」

私は言う。一体何だったろう。

列は長く、いつまでも動かなかった。先が見えず、最後尾も見えなかった。地面は砂利の目立つ土だが、所々荒れた芝生も見え、いくつか木々が並んでいる。木はどれもイチジク属で、絞め殺しの木だった。バッグは絞め殺す木達を羨むように、荒れた芝生の辺りに落ちている。

遥か前方に並ぶ一人が、身を乗り出して後方を、私達を見た。自分の後ろに大勢いると確認するように。やめろ。私は思う。こっちを見るな。

「これは、……試されてるのかもしれない」

背後の蟹に似た男が続ける。声が唾液で濡れている。

「この列から離れるきっかけ……、人生っていうか、そういう、生活に突然現れる、決断を誘うきっかけ。……あの中に何が入ってるのか、気になりませんか。私達にとって、何か大事なものが入ってるかもしれない」

確かに、あれは目立つ。薄い緑の芝生の上で、その人工的な合皮の黒が浮き立っている。

「でも私があのビジネスバッグを拾うために列を離れたら、すぐつめられる。……あなた達は多分、そういう連中だから」

恐らくあなたも、と私は言わない。

「昔、……私は作業員だったんです。土木の。資格もあった」

男が語り出す。私は前の女性を見ていた。ノースリーブの、紫のワンピースの女性。肩をやや超える黒い髪。

「多かった現場はトンネルです。トンネルは、誰かの近道のためにある。私達は誰かの近道のために、多大な時間と労力を払うわけですが、……作業で、土から色んなものが出てくる。動物の骨とか、時には地蔵なんかも。……でもある日、少しだけ不思議なものが出てきた。椅子です」

彼女の、細い身体の輪郭を見る。腰の膨らみも。

「ゴミや、家の残骸なども何も出てこない地層から、突然椅子だけ出てきたんです。テーブルもなく、ただ背もたれ付きの四足の木の椅子が一つだけ。……誰かが遥か昔、ここに捨てに来たとしか思えない。でもならなぜ、椅子を一つだけ不法投棄したのか。考えると妙だった」

彼女は前を向いているから、私がいくら見ても気づかれない。

「邪魔だから脇にどけてたんですが、その日の作業が終わるまで、私はその椅子がずっと気になってた。……帰り際、私は現場のホースでその椅子を軽く洗って、周りに〝珍しそうだから持って帰る〟と言って担ぎました。言った瞬間、自分の逸脱を上手く隠せているか、と気にしたことで、自分の行動が妙なのだと確認しました。でも同僚達は、私を一瞥するだけで何も言わなかった。臨時の日雇いの者も多いし、知り合いとは言えないし、彼らも他人の狂気を気にするほどの余裕はなかった。別に狂気も珍しくない。……自分が休みの朝、ハンバーガーを売るファーストフードの二階の分厚い窓際の席で、その窓に向かって何やら言い訳をし続けてる、本来休みでないはずの同僚を見たこともあった。最初、イヤフォンで何か聞いてるのか、とも思ったんですが、彼の耳にイヤフォンはなかった。ああ、イヤフォンはついてないのか、と思ったのをよく覚えてます。カプセルホテルの隣の同僚の部屋から、漫画を声に出して読む響きが聞こえてきたこともあった。何？　とか、んぐぐ、とかまで、彼は棒読みで声を出してた。後から聞けば、数年前から、そうでないとものが読めなくなったらしい。読み残しが不安だと。……椅子を担いで電車に乗りました。その間、私は椅子を持つのが面倒みたいな、何かのアクシデントで持たざるを得なかった表情をして、他者の視線から自分の逸脱を守っていた。アパートに帰り、風呂場に持ち込みました。椅子を手で撫でるみたいに洗って……、私は官能の喜びに浸っていたんです」

私は彼女の輪郭を見続ける。紫のワンピースには、黒く細い縦線が三本入っている。

「椅子はどれも似てるようで、でも当然ですが、それぞれ違う。あの時は、ただその椅子が愛しくて、吸い込まれていただけですが、今思えば恐らく、あの椅子の背もたれの両端のカーブとか、四つの丸みを帯びた足の形や長さ、その全体の幾何学的なバランスが、私の脳波のようなものと偶然一致してしまったのだ、と思います。……私は椅子を洗い続けて、傷を見つけるたび悲しくなった。人間にも向けたことのない同情を感じました。傷に舌を近づけた時、『まだだ』と思ったのをよく覚えてます。『その狂気は、まだ楽しみにとっておけ』。私は椅子を脱衣所に残して、タオルをかけて、布団に入りました。共に寝る狂気も、まだ先にとっておけと呟いていた。私は自分の日々が突然活性化されてるのに気づきました。明日が、楽しみだった。こんな経験は久しくなかった」

「……なるほど」

私は言う。これ以上沈黙すれば、聞いていないとばれてしまう。

「でも朝起きてみると、習慣がまだ身体に残ってたんでしょう、私は現場に行くため準備していた。早く帰りまた椅子を洗おうと思いながら、何だか仕事もそれほど嫌でなくなっていた。今思えば、私はあの時に、抜本的に自分の生活と人生を変えるべきだったんです。人間の社会になど戻らず、椅子と、その直線と曲線の世界の中に、日常に重なるように恐らく存在してる、その別の世界のようなところに、自分の人生を入れてしまえばよかったんです。その日、現場で事故が起きました。トンネルの壁の一部が崩落した。私は全治半年と言われたけど、全治しなかった」

男は自分のやや浮かした右足を軽く叩いた。

「しかも地震などの天災の事故でなく、どこにでもいるような無能な現場監督による、無能さゆえの人災だった。私が現場監督だったらあんなことは起こらなかった。彼の一瞬の不注意の不手際だった。私の人生に残る障碍に対して、その原因はあまりに卑小でした。世界とはそういうものかもしれない」

私は頷く。何に頷いたのかわからないまま。

「あの椅子は、人生を変えるきっかけだったはずです。私はそのサインを見落とさなかったのに、機会を捉えられなかった。……同じ過ちはなしだ」

男は、落ちている合皮のビジネスバッグを見続けている。

「その椅子は」私は少しだけ興味が湧いた。

「今どこに」

「不法投棄しましたよ。私は事故で不能にもなりましたから」

彼が舌打ちする。喋り過ぎを今さら悔いるように。

「事故と直接関係なく、心因性らしいですけどね。……今を逃したら、私はずっとこの列に並ぶことになるかもしれない。あのバッグは、私の人生の何かを象徴してるはずだ。……私の話を聞いた後でも、あなたは私がバッグを取るため列を離れれば、すぐ前、つめるんでしょう？」

男は振り向かないまま、今度は自分の背後に声を出していた。

「そうなると思います」背後の声が言った。

「でも勘違いしないでください。それは背後の意思で僕の意思じゃない。後ろの人達のために僕はそうするだけで」

「ははは」男が笑う。

「今ので決心つきました。もううんざりだ」

男が列を離れ、引きずる右足を庇いながら屈み、やや前方の黒のバッグを拾う。後ろの人間達が、凄まじい速さですぐ前をつめたのは音でわかった。私は見なかった。見たくなかった。

男が黒の貧弱なビジネスバッグを丁寧に持ち上げ、盛り上がった肩から伸びた短い手を動かし、砂や土を払う。

「……さて」

息を大きく吸い、男が列の外でバッグを開ける。中に手を入れる。

「紙が入ってる。何か書かれてる。……すごい！」

男が叫ぶ。

「ああ、よかった！　これを手に入れることができてよかった！　最高だ」

本当にそうだろうか？　男は紙を見た瞬間、表情をつくるための筋肉が気絶したように見えた。あれは失望だったはず。冷蔵庫という文字が一瞬見える。何だろう。

「君達は、……ははは！　御苦労様としか言いようがない！　こんな長い列に並んで！　はははは！」

「その紙には、何が？」

背後の男が聞く。彼は蟹に似た男の演技に騙されている。しかしその質問の声からは、前に進めた喜びの震えも感じられた。

「言えませんよ。でも」

蟹の男が、背後の男の喜びをさらに超えるように、大声で言う。

「私の人生はこれで報われた。全て」

だが不意に岩に似た肩を動かし、背を向けた。倒れるかもしれない、と感じた時、足に無理に力を入れるように、そのまま背後に足早に歩いていく。自らの今の顔を隠すように、足を引きずりながら。

彼はこれから、誰からも見えない場所に行き、再びバッグを開けるのかもしれない。中にあるはずの幾つかの小さな内ポケットに、太く短い指を入れ、何かが見つかるまで掻きまわし続けるのかもしれない。いつまでも。彼が死ぬまで。もう私は彼を見ていない。恐らく背後の男も。彼は列を離れたから。もう関係ないから。

傷

「……さっきの紙、なんだったんでしょうね」

私は前の女性に声をかける。細い黒の縦線の入った、紫のワンピースを着ている。だが彼女は振り向かない。私は少し声を大きくした。

「あ、あの、ごめんなさい、突然話しかけて、……さっきの紙」

女性が振り返る。目が大きく、薄い唇をしている。私はずっと列にいるせいか、自分でもやや驚くほど、欲望を感じていた。

「ああ、すみません、いや、さっきの男性のことで」

女性が私に身体を向ける。三十代くらいだろうか。四十代かもしれない。リングが連なったイヤリングをしている。

「あ、すみません」女性が言う。「その男性が何か言ってたのは、聞こえてたんですけど……、見てなくて。後ろだったので」

自分の後ろの男も見るべきだ、と私は言わない。彼女にとって、後ろの女性は重要かもしれないが、後ろの男性は重要ではないのだろう。

「どんな感じだったんですか？」

でも彼女は会話に残ろうとしている。嫌がっていないのではないか、とひとまず思うことにした。

「黒いカバンが落ちてて、僕の後ろにいた男性が拾って。……中に紙あったんですけど、彼はこれで人生は報われた、と言って列を離れたんですが、意味わからなくて」

彼女が柔らかく笑った。笑いにしていいと気づく。彼女を少し軽蔑した。

「変な人って、いるっていうか」私は続ける。

「今何だか思い出したんですが、昔、……ある格闘漫画の主人公が、界王拳っていう技を使うんですけど」

「ドラゴンボール？」

「そう、そうです。小学生の頃に読んでて、その主人公は、例えば界王拳二倍って技つかうと、強さが二倍になって。……確か二十倍くらいまでいけたはずなんですが」

「懐かしいです」

「はい。で、昔、僕が歩いている脇を、ランニングしている一人のプクプクしたおじさんが横切っていったんですが、彼が突然〝界王拳二倍〟と叫んで速度を上げたんです」

「ええ？」

「それが、本当に界王拳を使ったんじゃないか？　というくらいの速度で。でも前の角から人が三人くらい曲がってきたんですが、その全員が僕を怯えて見たんです。つまり彼らは、僕が界王拳を使ったと勘違いしてて」

彼女が親しげに笑う。

「すごく恥ずかしくて。界王拳を使ったのはさっきのおじさんで、僕じゃないから。……あれ、なんだろう、急に変なこと思い出しました」

彼女が笑いながら、私のマウンテンジャケットの肩に、一瞬白い手を触れる。手の甲に青く血管の線が見えた。

「……伝言が」

言われると同時に、今度は背後から肩を軽く叩かれた。

「後方で、爆発事故があったらしい」

言った後ろの人間は色白で細く、私と同じ背丈だった。

「爆発？」

「はい。近くの海に浮かぶ原子力の空母が、原因はわからないですが、爆発したそうです。……それで、放射性物質が漏れ出してるみたいで」

「その情報が後ろから？」

「はい。だから前に伝えた方が。まあ色んな情報が多過ぎて、僕達は言われたりするまで、大抵のことは一旦忘れてしまいますけど。最近物忘れもよくするし」

男は言い終わると、自分の左の手の平を見た。

「情報はそれだけ？」

でも男は、手の平から顔を上げない。

「すみません、情報は」

「はい？」ようやく男が顔を上げた。

「それだけ？」

「それだけです」

「えっと、……あなたは、何を？」

「は？　ああ、自分の手相の線を見てます」

「手相？　何で？」

だが男はまた手の平を見始め、反応しない。

「情報は本当にそれだけですか？」

男は反応しない。もう聞こえていないのかもしれない。

「ねえ、もう一回聞きますけど」

「どうしたんですか」

前の女性に聞かれ、私は諦めて向き直る。伝言を口にする。

「ええ？」

「でもこれ多分、デマだと思います」

私は言う。確信はないまま。

「こういう情報を誰かが流して、不安になった前の人間に、列を離れるように仕向けてるんじゃないかな」

海岸に浮かぶ、沈黙した巨大な鉄類の塊を想像した。放射性物質が揺れながら漂い、澄んだ空気に広がっていく。乗員は全て無言で逃げ、放置されたそれは静かに灰色の煙を上げ続けている。煙はやがて透明になる。人を殺すものの多くは透明だと思う。人間の歴史が終わるまで、誰も近づけない。

「あー、……でも」

「はい。確証はないですが、前に伝えた方がいいですね」

善意から、という意味の表情を彼女に向けた。そうした方が、一人でも前が減るかもとは言わなかった。

女性が前の人間に伝える。前の人間は若い男で、なぜか太股の脇を右腕で軽く叩きながら、リズムを取っている。話しかけられ、迷惑気味に眉を歪めた。リズムを邪魔されたからだろうか。女性が嫌いなのだろうか。

「でも本当に、デマだといいですけど」

女性が言いながら、再びこちらを向く。私を真っ直ぐ見た。

「その、何て言うか」女性が僕を見続ける。

「私、前ばかり見てて、後ろを見てなくて」

「……後ろを見てくれてよかったです」

私は意味ありげに言う。もう少し踏み込む。

「こんな列に並ぶのは辛いけど、……でもよかった。あなたが近くで」

「えー、本当ですか」

「はい。……何だろう、何か、癒されるのかな。どうしたんだろう。……ああ、すみません、勝手に癒されて」

私が笑うと、彼女も笑った。

「そんな風に、言われたことないです」

「ええ？　そうですか？　そんなに奇麗なのに」

それほど奇麗ではない相手に奇麗と言うと、気持ちがよくなるのだった。サービスをし、役に立っている気分になるから。湧き始める、自分への嫌悪を無視した。

「そんなあ」

「ああ、すみません、勝手に変なこと言って」私は自分の顔を手であおぐ。

「すみません、勝手に照れました」

「そんな……」

彼女は笑みを浮かべ続けている。私は本当に顔が火照っていた。鼓動がやや速くなり、少しでも長く彼女と話したいと思っている。なぜ他者に惹かれる、恋愛などあるのだろう。なぜ性欲などあるのだろう。

「……こんなに立ってると、足痛くなりますね」女性が会話を続ける。

「なんでヒール履いてきたんだろう」

ワンピースの膝から下は白い素足が線となって伸び、黒い控えめなハイヒールに収まっている。足の形がよかった。見せたかったのだろうか。

「あ、靴擦れが。踵のとこ」

私が言うと、彼女は自分の足を覗き込むようにした。

「……本当だ。恥ずかしい」

「恥ずかしくないですよ。……大丈夫ですか。よく見せて」

赤くなっている。私は凝視する。

「あんまり、見ないでください」

「踵浮かして、少しのあいだ脱ぐみたいにした方がいいですね。この列長いから」

そう言い、左手を出した。彼女は一瞬ためらったが、握ってくれた。

女性は踵を控えめなハイヒールからやや浮かすようにして、つま先立ちになっている。私は彼女の手を少し強く握る。後ろを見る。

「後ろの人、なんか、自分の手相見てて、こっち見てないです」

小声で言う。

「足、辛いですよね。寄りかかってください」

彼女を抱き締めるようにする。抵抗しなかった。

「急でごめんなさい。……なんか、自分でも驚いてるんですけど、……好きになってしまったかもしれない、いや、かもしれないっていうのは照れで、本当に……、こんな列に並んでるのに」

女性は一瞬視線を落としたが、僕の顔を見てくれた。

「そんな、急ですよ」

「ええ、こんなところで。……でも」

私はもう一度振り返る。

「彼まだ手相見てる。……今なら」

私が顔を近づけると、彼女は一瞬躊躇したが、受け入れてくれた。

顔を離す。なぜ他者に惹かれる、恋愛などあるのだろう。

「……もう一回」私は言う。また顔を近づける。

「僕と、付き合ってくれませんか。こんなところで言うのも変ですけど」

私が言うと、彼女は笑った。

「変ですよ」

「いい?……駄目?」

彼女が微笑み、その時の唇の動きの流れで、微かに頷く。私はもう一度振り返る。

「まだ手相見てる。……今しか、ないかもしれないです」

私は彼女のワンピースに手を入れ、指で触れる。酷く濡れている。

「……え?　あ、駄目ですよ」

「立ったまま、できるかな……」

私は自分のベルトを外す。なぜ性欲などあるのだろう。

噂

ズボンを上げ、ベルトを締め上空を見た。なぜ見たのかわからなかった。

間に長く休憩を挟み、二度目を終えていた。私は少しのあいだ女性から離れ、何か真剣なドキュメンタリーでも観たい気分になっていた。真剣なほどいいと思った。数年後には、海の魚の総重量を、海のプラスチックのゴミの総重量が超えるというような。遺伝子組み換えのトウモロコシ由来の甘味料が、いかに代謝が悪く、肥満や病の原因になるかというような。

「……ちょっと後ろの人に、見られたかも」

彼女が私に身体を寄せたまま言う。見られる行為というよりは、見られるかどうかくらいでする行為が、彼女は好きなようだった。

「見られたかもしれないね」

私は言い、何かドキュメンタリーを観たいのに、首筋にキスでもした方がいいので、そうすることにした。首筋にも血管が線となって見える。彼女の前の人間が、手でリズムを取る行為をやめた。振り向くかもしれず、彼女が身体をようやく離す。

「あなたはこの列が、何て言うか、正常って思ってますか」

後ろの人間が、急に私に言った。いつの間にか左手から目を離し、私を見ていた。

「どういう意味ですか」

「おかしいと思いませんか。例えば、誰もスマホとかを見ていない」

確かに誰も見ていない。私も見ていない。

「いや、さすがに正常とは思ってないですよ」

「少なくとも、何ていうか、物理学的な法則とかは、同じみたいなんですけどね。重力でこの砂利道に立ってるし、声が出るのは、声帯で空気が震えてるからだし」

意味がよくわからない。話題を変える。

「それは、手相と関係が？」

「手相？　あー、これはまた別です。僕は小さい頃から、何かを見たくない時に、手相の線を見るようにしてるだけです」

そう言い、一瞬左手を見た。

「……つまり、僕と彼女の行為とか」

「それもあります。僕は昔から、ずっとそうしてきたんですよ。目の前で友達が、クラスを仕切ってる連中に小突かれたり蹴られたりしてる時とか。……母親が安い居酒屋の飲み放題で飲み潰れてる時とか、営業成績の悪い同僚が、盲腸の手術明けの上司に怒鳴られてる時とか。……日常では、見たくないものはキリがない。そうでしょう？　この列も、手相の線を見ながらやり過ごすはずだったんですが、長過ぎる……あ」

前の方で、列に動きがあった。

「あのデマのせいかもしれません」

男が頰を上気させて言う。声が急に上ずっている。私は自分の表情を我慢していた。そんな必要もないのに、彼に喜んでいないと示したかった。

「ほら、前が」

私は前を向き、平静を装い女性に言う。でも彼女は私を見て微笑み、後ろを気にしながら手を握った。

「いや、前動いてるよ？」

「え？」

「ほら前が」

彼女はしかし、私に身体を寄せ、握った手に力を入れている。私は声が大きくならないように、笑顔をつくる。

「前が動いてるから、ね、進まないと後ろの人達も」

女性はやや億劫そうに、前をつめ始めた。列はかなり動いた。私達は止まるまで、ほとんど歩くように動いていた。七人分か？　十人分かもしれない。口角が上がっていく。動くかもしれない、という不確かな状態だからだろうか、待たされた分だけ余計に高揚していく。不確か、ということにも、私達はこんな風に惹きつけられるのだろうか。なおも手を握りこちらを見ている彼女に、いいから前を、とは言わなかった。立ち止まった後も、もしまた列が動いたらすぐ進みたいから、こっちじゃなく今は前を見ててとは言わなかった。何をしてるのとも、ちょっといい加減にしてくれないかとも言わなかった。

女性が一瞬、私の目を見る。私の口角は上がり続けている。

彼女がまた身体を寄せ、顔を近づけてくる。

「今は無理だよ」

私は意味ありげに、前後に視線を送る。

「ほら、前の人間もリズム取ってないし、後ろの人間も手相見てない」

彼女は不満なのだろうか？　あんなに気持ちよさそうだったのに。こんなに列が進んだのに。

列

――君は一番前に立ちたい。そういうことでしょう？

どこからか声がする。

――どんなに言い訳しても、そういうことでしょう。当り前じゃないか。

私は否定しようとする。そんな単純なことじゃないはずだった。

――なら、この列の人間が全部いなくなればいい。君はたった一人で先頭に、一番になれる。……でもそれじゃ君は満足しない。なぜなら、それだと君を喝采してくれる人もいなくなるから。

そんな話じゃない。私は首を振る。それは随分昔の私だ。

――しかし人間っていうのは厄介だよね。……君は、自分がそれほど評価していない人間の喝采まで欲しいのか？　なぜ？

身体が揺れ、自分が寝ていたのに気づく。長く感じたが、立ったままだから一瞬のはずだった。夢では時間の速度が恐らく違うから。

「……大丈夫？」

彼女が言う。私はさっきまでドキュメンタリーを観たい気分だったのに、また欲望を感じていた。彼女を抱き寄せる。

小さい頃、罠をつくり、ザリガニなどを獲るのが好きだった。自分がつくった罠に何かが誘導される時、内面に渋滞したつかえが取れるような快楽があった。つまりサディズムだと思うが、なぜそんな感覚があるのか、以前に考えたことがあった。

恐らく狩猟時代からの、人間の本能的欲望ではないかと思った。人間は生物だから何かを食べねばならず、でもそれだけだと食べないから、満腹感と味という報酬を植え付けられている。でも後の報酬のみで暴れる動物を追い詰めるのは困難だから、その狩るという手段そのものに、攻撃欲動という快楽を植え付けられているのではないかと。罠のそれも同様と考えた。生物の進化は遅く、生物学的に見れば、人間の脳そのものは一万年前と変わっていないという。社会構造が変わり、文明とテクノロジーが進んでも、脳は変わっていない。多くの悲劇が起こるのは、これが理由と考えた。

揺れる透明な川の水面越しに、私のつくった空き缶の罠が見える。ミートソースと赤く書かれた古びた缶の、そのやや錆びた円の入口に、ザリガニが徐々に近づいていく。息を飲む。鼓動が速くなっていく。まだか。あと少し。私の鼓動が静かに鳴る中で、ザリガニは吸い寄せられ、罠への線を辿るように缶に入っていく。あの何度も繰り返した数秒を、私はまだ鮮明に覚えていた。強い記憶は、その人間にとってやはり意味があるのだろうか。精神分析医なら、自分の存在の本質に関わっていると言うだろうか。まだ覚えている記憶の断片。思いがけず激しくなった行為で、彼女の控えめなハイヒールが脱げていた。私がベルトを締めている間、彼女はそれを拾い、履き直した。

「考えてみたんです。この列が何か」

また後ろから不意に声をかけられた。私達の行為が終わるのを、ずっと待っていたのかもしれない。彼女は服の皺を気にする素振りを見せ、前を向いた。

「二つのケースがあるかもしれないです。……一番最悪なのは、これが列ではなくて、円である可能性です。つまり、いつまで並んでも同じということです」

あり得るかもしれない。

「もう一つは、これがそもそも列ではない、という可能性です。たとえば、何かを出迎えるためにずっと待っている、長い横の並びかもしれない」

「並び？　何を待ってるんですか」

「……それぞれにとって、見えるものが、待っている対象が違う可能性もある。自分が一番、会いたい相手かもしれない。もしくは、本来なりたかったはずの、自分の姿とか」

「どっちがいいかな。後者かな」

「本当に？」

男が言う。二つの目をやや開いた。

「あなたの思っている願望が、本当のあなたの願望とは限らないのに？　そこに現れるあなたは、これまでのあなたの人生の、その全てを否定する姿をしているかもしれないのに？」

「ねえ」

彼女が振り返る。私達の会話を邪魔する感じで。

「私のこと好き？」

後ろの男は、手相を見始めた。

「決まってるじゃん」言いながら、言い方が違うと思った。ちゃんと言うべきだ。

「好きだよ」

それは確かに本当だった。

「なら」彼女が言う。

「列から出て、ずっと二人でいよう？」

何を言っているのだろう、と思う。彼女は、何を言っているのだろう。

「今だって、こうやって一緒にいるじゃないか」

「ずっと好きにできるわけじゃない。前の人とか、後ろの人とか気にしないといけない。ひっつくのも、後ろの人が手相見てる時だけ。いつも一緒にひっついていられない」

見られるかどうかくらいの行為が、彼女は好きなはずだった。

「今だって一緒にいるじゃないか」

「違う。このままじゃ嫌だ」

なぜ現状維持じゃ駄目なのだろう。いや、そもそも、なぜ他者に惹かれ、性欲などあるのだろう。確かにそれはわかりきっている。私達が生物だからだ。

ではなぜ、私達は生物なのだろう。

「このままで、幸せではないの？　楽しくないの？」

「イヤ。ここから離れよう？　ずっと一緒にいたい」

「今だって……」

繰り返しになる。こういう会話は大抵、繰り返しになる。

「君だって、列に並びたいから、並んでたんだろ？」

「もういいの、私は。あなたは、もうよくないの？」

どうなんだろう。私は考える。列は長く、いつまでも動かなかった。先が見えず、最後尾も見えなかった。

「ああ」

列がざわつく。私は額に冷たさを感じた。

まばらな水滴は、すぐ明確な雨になった。列が騒ぐ。直線だった列がやや乱れる。

「ああ、ちくしょう」

後ろの人間が言う。

「これが人生だよ」

人々が雨に濡れながら列をつくり、全身で耐えていた。濡れないように、無駄に顔や頭を手で守ろうとする者もいる。私もそうしていた。前の列の人間達に、少し離れる者が出た。列が僅かに動く。彼女は手を使わず、ただ雨に濡れて私を見ていた。

「出よう？　私は出る。来て」

彼女が列から離れた。私も離れるべきだ、と思った瞬間、右足が動く。私は前につめていた。

列を離れた彼女がそのような私を見た。私は自分の口角が上がっていることに気づく。

「違う。僕は今、すぐ今」

でも前の人間達が、次々列を離れていく。私の足はそれに合わせ前をつめ、止まらなかった。私は今、何をしているのだろう。喜びが否応なく広がる。前にいけた。私が前に。彼女が目をアーモンド形に見開いて私を見ていた。このように動く私を。これまでの私との時間を後悔するように。薄々気づいていたが、やはりそうだった、もっと早く別れればよかったというように。彼女は背を向け、私がまた前に行くため視線を変えた時、見えなくなった。あの見開いたアーモンド形の目はいつまでも、私の生に残るに違いない。いつまでも残ってしまうものが、また増えていく。列の動きが止まる。雨のなか濡れながら、残った大勢の人間達は列で立ち続けている。前に行くのを、待ち続けている。

「……これでしばらく、手相を見なくて済みます」

後ろの人間が私に言う。違う。これは違う。

「そもそもなぜ女性を必要としたんです？　恋愛の結末なんて、数パターンしかないのに」

私はもう列を離れるべきだった。彼女を追えなくても、そうするべきだった。自分だけ並ぶわけには、もういかなかった。

私は右足を斜め前に出し、そのまま歩き列を離れた。驚く後ろの男に、私は奇妙な笑みを見せた。何の笑みかは自分でもわからなかった。列の線から明確に外れた瞬間、関節が軽くなり、身体が浮くようになる。だがすぐ、何かがせり上がっていた。自分の生が無駄に終わったかのような、重苦しい圧迫が重力に反するように喉から口元にせり上がっていた。改めて列の前を見た。列は長過ぎた。私にとってそれは、あまりにも長いものだった。私はどこへ行くべきだろう。自由に動く足が不安で不快だった。ぬかるむ砂利を踏み、右手に木々を見た。絞め殺しの木達も濡れている。絞め殺される木達も。私は前の人間の後ろに、間隔を空けて立った。

何をしているのだろう？　この列はなんだろう。自分がいた列とはまた別の列だった。私はすぐ離れた。雨が酷くなり、方向がわからなくなる。私は前の人間の後ろに、間隔を空けて立っていた。

違う。今さらだ。今さら最初からなど、これまでの全部が無駄になる。でもその瞬間、背後で人が並ぶ気配がした。振り返ると、私の後ろに、既に何人かの人間が並び始めている。前の私を羨んでいた。胸の辺りに温度を感じる。後ろに人がいる。私より後ろに人が。後ろの数が多くなり、足が動こうとしなくなる。列に固定されていく。

なぜスマホなどを誰も見ていないのか、わかったような気がした。別にスマホでも現実でも、全て同じだからだった。あらゆるところに、ただ列が溢れているだけだ。何かの競争や比較から離れれば、今度はゆとりや心の平安の、競争や比較が始まることになる。私達はそうやって、互いを常に苦しめ続ける。でも私はもう、そんなものからも遠く離れているはずだった。

雨が治まっていき、三羽の灰色の鳥が頭上を横切っていく。この鳥が出現すると、私は少し前のことを忘れてしまう。

今は忘れてはいけない。頭がぼんやりし始める。私は彼女の名前を呟こうとする。でも私は元々、彼女の名前も、自分の名前も知らなかった。

突然空気が弾ける音がし、私はまた視線を上げた。無数の赤い鳥が空を舞っている。ショウジョウトキの群れだろうか。多過ぎてわからない。

そうだ。私は気づく。あれをここで見ると、私は自分の全てを、これまでの全てを思い出すはずだった。なぜそうなるのかはわからないが、私の意志も全て無視されるように、そうなるのだった。

猿が見える。目の裏に、私が研究した猿達が。

思い出したくない、と私は思っていた。

第二部

猿

「草間さん……凄いです」

石井が興奮して言う。

「この論文、あの、控えめに言って、事件ですよ。歴史的な発見……。学界は今後、この論文から始めないといけなくなる」

私は自分の新しい論文の価値を知っていたが、まだ疑念のある振りをする。そうした方が気持ちよかった。

「そうかな。論旨が、でも」

「何言ってるんですか！」

石井がほとんど叫ぶ風に言う。彼のカールしている髪が、エアコンの風で競うように揺れた。

「早く英文にしましょう。手伝います。この鳥肌見てくださいよ、これ、世界的な騒ぎになりますよ」

一匹の猿が私を見た。だがすぐ他の猿達と同様、採食に戻る。この木に新芽はない。不機嫌そうに木の皮を食べている。

私は自分の論文の完成という空想の白昼夢を、この猿の視線が中断させたことを思う。彼らが時々見せる、「まだいるのか」という視線。「何なんだお前達は」という視線。どこか遠くで、別の猿の叫びが聞こえたかとも思った。気のせいだろうか。

猿達は恐らく、私達が自分達を調査しているのを知っている。上手くいっていないことまで知っているだろうか。論文などない。書くべきことすらないのだから。

猿達はもう私を見ていない。社会が初めから、私を見ていないのと同じように。

私の最初の白昼夢は、何だったろう。覚えているのは、小学校の低学年頃のものだ。想像の中で、私は架空の自分の広い家に、友人達を招待していた。彼等は私の広い家に驚嘆するが、私は首を横に振り、大したことはないのだと言う。自分の古びたアパートの狭い一室で、錆びた階段を上った後にそう空想したのだった。

そのすぐ前、私はクラスメイトの広く立派な家に、他の者達と招待されていた。私は自分の袖の糸のほつれに気づき、不自然にそれを内側に折り曲げた。クラスメイトがさりげなく自慢した目の光るロボットの、こめかみのアンテナを密かに折った。すっと何かが喉を通る温かな感覚と、発覚への恐怖が同時に湧いた。気づかれないかと左右に動いた、自分の目の卑劣な速さ。折った時、意外と硬く、力を入れなければならなかった指の震え。それらを忘れようとしながら、私は空想の中で、広い家に友人達を招待し続けた。内側に折り曲げた袖は、いつの間にか戻っていた。

猿達の向こう、遠くの細い土の道を、石井が急くように歩いている。カールした髪を無意識にさわっている。彼は今、H群を追っているはず。彼が時々持ち場を離れるのに気づいていた。どこかに度々電話している。この山地ではスマートフォンの電波が届かない。私達が滞在する小屋まで戻らねばならない。

他校の大学院生である彼は、教授や准教授でなく、非常勤講師に過ぎない私を尊敬していない。彼の将来に、私は必要がない。この野生群観察調査も、私の大学から予算は出ていない。

かなり離れたところに他校の大がかりな観察拠点があり、そこの群れから分岐したとされるG群とH群の存在が、このQ山に確認された。だがQ山は過度に険しく、観察地に適さない。昔世話になったその他校の教授から、観察に適さないそのG群とH群の事前調査を打診された。

この調査は私の大学と関係ない。観察できるのは冬休みを利用した三週間のみだった。私が講師をする大学はここから遠い。石井はその他校の教授の元から、私の手伝いのため派遣されたに過ぎない。

猿達は互いに距離を取り、木の皮をかじり続けている。ほとんどの個体が私に背を向け、毛の塊のようになっている。

野生の猿の観察調査では、基本、何も起こらず一日が終わる。

彼らが目を覚まし、採食のため移動すると、私もGPSと共についていく。ビデオカメラを回し、双眼鏡で見つめる。食べ終わった彼らが休息のための移動を始めると、またついていく。彼らが寝るまで、繰り返しだった。

教授から依頼されていた、彼らの行動ルートは既に把握していた。雪崩を起こす危険な場所を移動するため、やはり観察に適さない。これらの群れは、恐らく教授達の観察から除外されるだろう。少なくとも、学生達を連れてはいけない。

私の今の研究テーマは、群れと群れが接触した時、何が起きるかだった。人類の戦争の起源の一端が、わかるかもしれない。私は他群との接触をひたすら待つことになる。だがこのテーマには、既に先人の猿研究者達の、多くの知見が蓄積されている。付け加えることは恐らくない。何か奇異なことでも起きない限り。だから私は、それが起こるのを待っている。その奇異なことに、自分が立ち会うことをずっと待っている。

言い換えれば、私はもう十五年それを待っている。

雪は争うように舞い続けている。端の一頭が採食をやめ、西側へ移動を始める。あれは「く」だ。それにつられ近隣の「さ」が動き、また別の個体がつられる形で群れの移動が始まる。私はもう、各個体に意味のある名をつけていない。日本語のアルファベット「あ」から「ん」で賄う。最初に移動した個体「く」も、自分につられた「さ」や「え」の動きにつられている。互いにつられ合う猿達の動き。気だるい動き。

私はマウンテンジャケットの雪を払い、距離を取り猿達を慎重に追う。先頭の猿が掻き分けてできた細い道に、猿達が続いていく。私も猿達の背に、その沈黙した動く毛の塊達に続いていく。彼らがこの道に私を導くようだと思う。人生が無駄に過ぎていく、不条理へと続く白い道。

目の前にいるのはニホンザルだが、恐ろしいことに、ニホンザルとチンパンジーの遺伝的な距離より、人間とチンパンジーの遺伝的距離の方が近い。

人間とチンパンジーは、遺伝子配列の九八・四%が共通している。材料はほぼ同じだが、遺伝子の発現の仕方が違うのでは、と研究が進んでいる。遺伝子の配列では、一・六%の違いしかない。

猿達が渋滞する。私も止まるが、また彼らは進み出した。どれかの個体が気紛れに止まったことで、そうなったのだろう。

人間という存在を多角的に知るには、ではチンパンジー研究だけでいいかというと、そうではない。生物には、平行進化と呼ばれる奇妙な現象がある。

全く別の系統で、全く違う場所で進化したはずの別々の種に、似た進化が発現することがある。アフリカで進化したチンパンジーは、石などで木の実を割る行動を取るが、南米で別系統に進化したフサオマキザルも、同様の行動を取る。哺乳類で成長後も乳を飲むのは、人間とウーリーモンキーだけと言われる。クモザルもそうではとの指摘もある。人間はアフリカで進化したが、ウーリーモンキーもクモザルも、人間とは別系統で、遥か遠い南米で進化している。

さらに言えば、もし本当に、人間の本質に最も近いのが他の猿ではなくチンパンジーだった場合、人類の未来には今後も絶望しかないかもしれない。

なぜなら――。私の意識の無駄な流れを、振り返った猿の視線が再び中断させたことを思う。「まだいるのか」という視線。遅れてトランシーバーが反応する。石井だった。

――H群がD坂を越えました。雪崩が予想されるので、引き返します。

「うん。お疲れ様。気をつけて」

私は声に労《ねぎら》いを込める。どこかに電話したかったのだろう、とは言わない。さっき私に見られたのに気づき、慌てて言い訳したのだろうとも。

――草間さんも気をつけてください。

雪が強くなった。私の前に、猿達による白い道が続いている。不機嫌な毛の塊達が沈黙しながら進んでいる。私も彼らに続く。

私の架空の論文に対する、架空の反応を思う。反応は激烈だろう。一九六〇年代の、ジェーン・グドールによる数々の発見。チンパンジーが肉も食べると彼女が公表した時、世界は見間違いと批判した。日常的に集団で狩りをすることが明らかになった時も、世界は彼女の存在がチンパンジーの群れに何かの影響を及ぼした結果の、特殊事例と批判した。

だがやがて各地で集団狩りと肉食が確認され、プライドの高い世界も彼女の正しさを認めざるを得なかった。チンパンジーが小枝から棒をつくり、白アリの巣に差し込み、噛みついてきたアリ達を食べる道具使用。これも彼女の発見による。

私の何かの発見も、世界は批判するだろう。私はでも、彼らのプライドを損なわぬように、謙虚に証明していく。プライドを傷つけられた人間ほど厄介なものはない。本を書くことになるだろう。マスコミ対応はどうするか。人前に出るのは好きではない。だがこの場合は仕方ないかもしれない。当然大学のポストを得るだろう。私はあえて、日本の猿研究の始まりの地、あの京都大学以外のポストを選ぶだろう。

「最初は実は、別のことを観察していたのです」

私は自分の発見が「偶然」だったと謙遜する。だがこの「偶然」の響きはいい。こういう発見の典型だから。

空想の中で私は語る。どんなことも無駄ではないのだと。一見無駄に見えた観察が、世紀の大発見に繋がったのだから。

「この世界に無駄なことなど何一つないのです」

私の言葉は猿に留まらない。

「もしこの中に、自分は無駄と思っている人がいたら、それは間違いです。猿達を見て下さい。無駄な存在など一頭もいない」

私はそうやって、世界と人生に復讐する。私は無駄ではなかったと。

何も起こらないまま、猿達が泊り場に落ち着く。それぞれコミュニケーションの毛づくろいをし、暖のため固まり、もうほぼ動かない。毛づくろいは寄生虫除去に加え、マッサージ効果もあるとされる。石井が言う通り本当にH群がD坂を越えたなら、今日はこのG群との接触はない。

雪が酷くなり、睫毛と目に数度当たる。彼らがここを泊り場にする時、必ず吹雪が来る。この岩壁は吹雪を避けるのに有効だろう。彼らは天候の乱れを予知しているとしか思えない。

私は小屋に戻るため、重くなった腰を上げる。猿達は沈黙したまま、私の背を見ているだろうか。何だ帰るのかという風に。明日も来るのか、でも私達は、お前のために何もするつもりはないのだがという風に。永久に何もするつもりはないのだがという風に。

講演を終え、私は想像内の壇上で頭を下げる。拍手をされるだろう。拍手は苦手だから、急いで壇上から降りるしかない。

講演を終えると、熱心な目をした知らない女性が待っている。私の本に憧れ、哺乳類の生態調査の道に進んだと緊張しながら私に言う。

彼女を励まし、その場を離れる。渡された手紙には連絡先がある。だが連絡はしない。なぜだろう。ありがちに、女性とそうなろうとしない自分に酔うためかもしれない。

滑稽な空想。だがこれが現実だったとすれば、私が連絡しなければ、彼女に迷惑をかけることもない。

猿のつくった白い道とは違う、私による別の道を進む。小屋が見えた時、辺りの雪に小さく赤い血の跡が見えた。

血の跡が大きくなっていく。何だろう。その先に石井が立っている。

猿の死体だった。G群の「そ」。

「帰ってきたら、……ここに」

石井の声が微かに震えている。死体があったのは、私達の小屋のドアの、すぐ目の前だった。

野生猿と人間の軋轢。農作物を漁る猿達。人間達の怒り。獣害。

私達は餌付けをしていないが、恐らく世話をしていると勘違いされている。

この高い丘の小屋から遠くに見える、雪に染まった村のまばらな家々。寒さの中で白く沈黙した、低い木造の家々。

「あと、……これ見て下さい」

石井の言葉で、私は死体に近づく。その猿は片耳が切り取られていた。

七年前

自分の視線が石井の耳の辺りに向かうのに気づき、目を逸らした。カールした髪で隠しているが、石井は右耳の上半分がない。事故で欠損したと言っていた。

「指とか頬とか。野犬だと思う」

耳だけじゃなく、他の部分も欠損してると言いたかった。だから行為者が石井を意識したわけではなく、野犬などの仕業だと。

でもこの死体が、私達の調査小屋のドア、そのすぐ前にあったのは確かだった。

「あとこれも」

私の言葉に反応せずに、石井が言う。雪に太い線ができていた。手押し車が通ったような、一輪の跡。続く足跡は一人だった。

殺し、運んできたのだろう。跡は北から真っ直ぐここに伸び、角度を変え、村の方へ続いていた。

「僕行ってみます」

「いや、俺が行く」

私は言う。相手は得体が知れない。万が一被害を受けるなら、若い彼でなく私の方がいい。

「なら二人で行きましょう。危ないです」

「大丈夫。まず様子見るだけにするから。一人の方が気づかれにくい」

降る雪で跡が消えかかる。急いだ方がいい。

「君は死体埋めておいて」

「……解剖してからでも？」

胃内容物分析。確かに貴重な資料だった。猿が普段何を食しているか、観察や糞より正確にわかる。

「やったことは？」

「あります。先週もE教授と」

意外だった。石井はアマチュアでバンドをし、その活動のため一度休学したことがある。私はその頃たまたま彼と会い、曲を褒めたが、後で別のバンドだったと知った。雪が強くなり、日も傾きかける。石井の表情は陰になって見えない。

「なら臭いあれだから、外でお願いね」

言い残し、跡を辿り坂を下る。日の傾きが急になり、懐中電灯をつけた。なぜだろう、片方の足跡だけ、やや大きい。


殺されたG群の「そ」はどことなく、あの時の【幸福】に似ている。そう感じるだけだろうか。

七年前の私の研究テーマは、今とは違い、餌付け猿も対象だった。ニホンザルは、ボス猿に統率される群れのイメージが強い。ボスが餌を独占し、全ての猿に順位があり、階層社会を形成していると。

でもそれは事実と異なる。ニホンザルがそのようになるのは、飼育環境にあるか、人工的な餌場にいる時だけだ。

野生では、彼らの生活は緩い。採食時、それぞれの個体は一定の距離を保ち、勝手に果実でも昆虫でも食べている。強い猿に場所を譲ることはあるが、争いたくないだけで、悲愴感はない。強い猿も闇雲に振る舞うのではなく、食料の争いが起こらないようにしている。野生猿でも順位をつけようと思えばつけられるが、それは観察者が二頭の前に餌を置き、どちらが取るかで決めているだけだった。個々の猿は自分の順位など意識しておらず、世代が上の猿に気を遣うに過ぎない。

移動時も誰かが決定するわけでなく、何となく動いた個体に、側の個体がつられる形で動き始める。ボスの座をかけての争いなどない。

観察のため野生の猿に餌付けをするが、人工的につくられた餌場では、だが猿は野生と異なった行動を取る。群れで最も強いオスと、それに次ぐオスが二、三頭、後はメスと子がまず餌場を独占する。

力の弱いオス達は餌場に入れず、強いオスやメス達に激しく追い立てられる。彼らの食事が終わってから、弱いオス達は怯えながら餌場に入る。彼らが残り物を喰う姿には、悲哀が漂う。

人工的な餌場が、潜在的にある猿の順位や争う性質を、顕在化・極端化することになる。私はそのような餌場での猿達が、人間に酷く似ていると思ったのだった。

人間も本来は野生猿に似て緩い存在なのに、社会の中の何かの特殊性により、醜い性質が過度に強調されているのではないか。そう考えた。私独自の研究だった。餌付けされた猿達を研究することで、人間をこのようにする社会の「何か」を、探れるのではないかと。

それがわかれば、私達はもっと楽に生きられると。

自然界に、人工的な餌場は存在しない。果実の豊富な木があれば、それは周囲にもある。強いオスは苦労して独占などせず、目の前の果実を食べるだけだ。その間に、他者が他の果実を食べても気にしない。

餌場とは、限られて皆が得ることはできない、かつ強い魅力を意味する。これがある時に猿は醜くなり、互いに激しく競い争う。導かれる結論の一つとして、つまり人間も同様と思われた。

村へ続くはずの、白い線はまだ尽きない。殺された「そ」は、観察した限り、群れの平均より弱いオスだった。

ニホンザルの社会は乱婚で、発情期には、オスもメスも不特定多数と性行為をする。強いオスがメスを独占するなどなく、そこら中で好き勝手に交尾している。群れ外のオスもこの時期は近づき、群れ内のメスと交尾する。それを追い出そうとする動きもあるが、外のオスを受け入れ交尾に至ることが多い。十一月が最盛期だが、十月から一月まで、常に乱交尾している。オスもメスも、異性を独占する意味がない。

しかし餌場では、メス達はまるで、強いオス達だけを頼っているようにさえ見える。弱いオス達は、近づくこともできないのだから。

私は今とは別の大学で、相変わらず非常勤講師だったが、そのような餌付け猿を研究していた。国内外で悲惨な出来事が続いた時期——そうでない時期などないが——で、学生の一人が、猿達にユニークな名をつけようと提案した。【幸福】【平和】【希望】など。名は何でもいい。了承した。

私はその中のメス【知性】に密かに期待していた。ニホンザル社会は、近親相姦を避けるため、オスがやがて群れを去る母系集団。母娘の絆が特に強く、【知性】も他のメスと同じく母に依存してはいたが、単独行動も好んだ。【知性】の革新行動に期待した。

幸島の猿達の、砂で汚れたイモを洗って食べる行動。嵐山での、石遊び行動。志賀高原での温泉浴など。始めたのはどれも一頭の若いメスだった。ニホンザルにおいて、革新行動はいつもほぼ若いメスから始まる。ちなみに最初にイモ洗いをしイモと呼ばれた若いメスは、後に砂のついた小麦を水につけ、沈む砂から浮く小麦を分離し食す方法も発明したので、特殊な個体だったと言える。イモ洗いはその後、海水でやり塩味をつける行動にまで発展していく。【知性】は落ちた細い枝によく興味を示し、手でいじった。猿の最大の知性、チンパンジーは棒でアリを釣る。ニホンザルで発見されれば事件になる。【知性】は枝をいじる時も、何をしている時も、その表情のせいか楽しげに見えた。

彼らは人工的な餌場で餌を争い、【平和】が【希望】を攻撃するなど名と合わない行動が当然続いた。元々活動的な群れだった。私達はよく笑ったが、【知性】は争うことがなかった。

春からはいつも講義が始まる。夏の休暇は別の山での観察だから、その群れの調査は常に今と同じ冬だった。三年目の秋、彼らの殺処分が決まった。

急だった。私は役場に電話をかけた。役場の担当は〝悪質個体〟と繰り返した。農作物を荒らし、人も襲うなどの個体。猿の駆除でよく使われる言葉。〝加害個体〟とも。

「あの群れは〝悪質個体〟が多過ぎます。南下してきてからは、もう手がつけられない」

「どうしても群れ捕獲ですか」

「はい。どうしようもないです」

悪質個体だけ殺す選択捕獲。一部を殺し群れは存続させる部分捕獲。そして群れを絶滅させる、今回の群れ捕獲。

「直接お話を」

「そうですか……。明日だと、午後三時頃はどうですか」

「明日は、……明後日はいかがでしょうか」

その明日は、当時付き合っていた女性と、舞台を観る予定があった。人気の舞台で、女性は先着順のチケットを買うため、発売開始時間にスマートフォンを忙しく操作していた。当日は、演者の何かのグッズを買うため、開場時間前から並ぶという。

「明日は無理ですか、そうですかあ。うーん、では仕方ないですね、そういうことなら、明後日で」

相手は敏感に反応した。あなたにとって、このことはその程度だという風に。すぐ飛んで来るほどでは、ないのですねという風に。

新幹線に乗って行ったが、直接話しても何かが変わるものではなかった。珍しいことでもない。だが三年近く調査した猿達が殺されるのを、電話で受け入れるのは違うと思った。体裁だったのだろうか。何に対してだろう。自分にだろうか。

ただ話し合いの最中、私は一度だけ感情的になった。

「この場に農家の人達は来ないのですか」

「来ませんよ。彼らも忙しい」

「猿と人間の確執は今だけじゃないです。侍とかがいた、江戸時代からもう被害の記録があります」

「ほお、そうですか」

「被害があるなら、人間も迎えうって、争えばいいじゃないですか。柵とか、見張りをたてて、棒で追い払えばいいです。猿達が人間に同じことをされても、彼らは人間を殺しませんよ。でも私達は殺すのですか」

「柵だけじゃ限界があります、知ってらっしゃるでしょう？　村はどこも人口減で対応できない。それに私に言われても」

「知性がある我々の方が殺すんですか」

勢いの中、善の言葉に酔った自分を感じ、口をつぐんだ。

離れた山林がダム建設候補地になり、水質検査などが行われていた。その周囲で人間の活動が増えた結果、私達の群れが南下してしまった。彼らが進んだ先は食料に乏しく、さらに南下したことで村と遭遇した。

村が過疎化すると、人がいない場所に猿が来る。人が出て行くのだから、代わりに猿が住めばいいとは言わなかった。聞いた農家の被害は深刻だった。

最初の捕獲は二日後と言う。今日なら全ていま終わるのに、と一瞬よぎった。人間の脳は、思いたくないことまで浮かぶ。私のせいだろうか。わからない。二日後の予定は何もなかった。

私は学生達に知らせた。現実を教える必要があった。猿の駆除は、その地域の絶滅は意図しない。近くに別の群れがいるから、今回の群れは全て捕獲されるのだった。増え過ぎて被害が大きい群れ、その数を減らす部分捕獲も、猿との共存の欺瞞に過ぎない。相手を殺し、数を調整する共存など共存ではない（と私は思う）。ニホンザルは、年間二万頭以上が捕獲される。

学生達の数人は泣いた。よせばいいのに、捕獲当日、女子学生二人が私に同行した。

ＩＣＴ大型捕獲檻は既に設置されていた。中に餌を撒き、一定数猿が入れば、遠隔で入口を塞げる。出口はない。

群れの一匹にＧＰＳ付きの首輪をし、全体の行動を探る。群れの行動範囲で、かつ人目につかない場所に檻は設置される。人々に知られないように。いや、こういうことを知りたくない人々に、わざわざ知らせないように。人間は、知りたくないことが多いから。

私は茫然とその情景を見た。実際には初めて見るものだった。既に大勢の猿達が、中で餌を食べている。本来なら、餌付けを繰り返し、警戒を解くのに随分日数がかかる。

私達が、既に餌付けしていたから。

猿達が人間を信頼していたから、こうやって檻に入っている。

役場の者達は、そのことを私に言わなかった。自分達の貢献にすぐ気づいた学生が、短く声を上げた。

「半分入ってますね。では始めましょうか」

職員が言う。中の餌には大豆が選ばれていた。果物では外に持ち出されてしまう。大豆なら猿の手で上手く運べず、この場で食べざるを得ない。猿も狡猾だが人間は上をいく。檻では本来、その怪しさでも相手を惹きつける餌が用意される。でも彼らは人間に慣れているから、この程度の餌で檻に入ってしまっている。

GPSの首輪をつけられていたのは【愛情】だった。彼女にこれがついているから、自分達の動きが把握されていたなど当然彼らはわからない。

職員が檻に入り、電気止め刺し器で一頭の猿を刺した。声もなく猿が倒れる。周囲の猿達は何が起こったか理解できていない。倒れたのは【平和】だった。股間を守るように丸まって死んでいる。小便の臭いがした。

【連帯】が死に、【幸福】が死に、【友情】が死んだ。彼らの名が奇妙な演出になっているのに怒りが湧いた。異変をようやく察した【希望】が大豆を放り出し駆けたが、檻に阻まれ刺され倒れた。【希望】は右腕をだらりと伸ばし、左足をやや滑稽に直角に曲げ、うつ伏せのまま動かない。二人の学生は泣きもう見ていない。そうだ、これは見てはいけない。

【知性】がいない、と思った時、檻の外に三頭の猿が来た。【知性】がいた。

「まずい、麻酔銃を」

職員が声を少し大きくする。殺害現場を、他の猿達に見られるわけにいかない。彼らが警戒し、檻に入らなくなるから。目撃者は消さねばならない。【知性】達も同じ群れで、元々駆除の対象だった。突然強い雨が降り始めた。

【知性】は群れに馴染んでいなかった。なぜ様子など見に来たのだろう。私は何か声を上げようとしたが、職員の動きは素早かった。麻酔銃を【知性】に向け撃った。あれは音が小さく死ぬまで時間がかかるため、周囲の猿達は仲間が撃たれてもわからず、警戒できない。【知性】は撃たれても雨のなか駆けたが、やがてつんのめるように頭から倒れた。首がぐにゃりと曲がっている。もう動かない。他の二頭と共に。

【知性】は枝への興味を持ち続けていた。恐らくさっきまでも、枝をいじって遊んでいたはずだった。普段通り楽しげな表情で。いくら他の猿より知力があっても、麻酔銃など見たこともなく、理解するのは不可能だ。飛ぶ針も圧倒的に速く、野生で鍛えられた筋力でも避けられない。小さい頃、ザリガニの罠に感じたサディズムは湧かなかった。

学生達が言うには、私が身体の重心を左右に頻繁に変えるようになったのは、この日の後らしい。なぜそうなったのか、わからない。自分の存在を、どこにどう置けばいいか、わからなくなったのだろうか。私は餌付けする調査をやめた。餌付けは猿との距離が近くなる。

これは私のみに起こった特殊事案ではない。誰にでも、個人の思いと社会がズレたことがあるはずだ。その一つが私にとっては、このようであったに過ぎない。

「明日もう一度やれば、終わりそうですね」

職員が静かに言う。泣く二人の学生は帰らせた。彼女らの一人が持っていた折りたたみ傘を見て、私は自分も今日、このような日であるのに雨を気にし、折りたたみ傘をバッグに入れていたことを思い出した。私は翌日も立ち会い、【優しさ】や【信頼】が倒れ脱糞しながら死ぬのを見、一ヵ月の休職のあと大学に戻った。私は人間関係をまともに構築していなかったから、私を励ます同僚も当然いなかった。数年後、日本のある自然動物園で、実は外来種アカゲザルとの交雑種と発覚した五十七頭のニホンザルが、種の「純血」を守るため殺されたのはニュースで知った。

調査小屋の前で死んでいた「そ」は、本当にあの時の【幸福】に似ていたろうか。記憶を巡らせながら歩く。雪の跡が右に緩くカーブしていく。

その一輪と足の跡が、古びた小屋の前で消えている。

中で物音がし、私は小屋から離れ木の陰に逃れた。懐中電灯を消した。

出てきた男は、肩が盛り上がり蟹に似ていた。背は低く目が細い。小屋内の明かりに反射し、赤く薄い唇が濡れて見えた。片足を引きずり、手に猟銃を持っている。鼓動が速くなっていく。私は音を立てないように、深く息を吸った。蟹に似た男は周囲を見、また小屋内に戻り、また現れた。猟銃は持ったままドアを閉め、歩き出した。私は目だけで追う。隣の家に入った。古びた粗末な平屋。彼の家だろう。

私は暗闇の中で平屋に近づいた。明かりが灯った窓に、僅かなカーテンの隙間があったから。

中を覗く。男は一人で台所に立ち、こちらに蟹風の背を向けていた。テーブルはあるが椅子が一つもない。奇妙な部屋だった。

私は引き返す。できれば人が大勢いる場所で、話をつけたかった。彼は猟銃を持っている。そもそもこの村は人が少な過ぎる。今なら獣と間違え撃ったと言えば、人も殺せる状況だった。人の数が少なければ、倫理も薄くなる。

ここまで来たのだから、と私は思う。調査小屋に戻る道を途中で逸れ、再び懐中電灯をつけ歩き続けた。村の外れまで行き、そこの小屋の南京錠を開ける。この小屋は石井も知らない。誰も知らない。長く続きここで途絶える私の罪の足跡は、雪が消してくれる。やや離れた丘が削れている。この付近は雪崩が多い。

中に入り、懐中電灯で小さな檻の中を照らす。一頭のメス猿が、中で力なく横たわっている。あの男が殺したのが、このメスでなくてよかったと思う。口を開け、虚ろに、私を怯えながら見上げている。その極度に衰弱した目に怯む自分を感じ、私は「まだだ」と独り言を言った。
「まだだ」私はもう一度呟いていた。
「試すのは、まだ……、あと一日」

火

——ただいま、電話が大変込み合っております。恐れ入りますが、このままお待ち頂くか、しばらくたってからお掛け直し下さい。

私は電話を切る。何度このアナウンスを聞いたかわからない。旧式家電の、修理も請け負う店。学生時代に使ったワープロなら、いい論文が書けるのではと思った。修理が必要だった。私は一日三度電話をかけ、繋がるのを待っている。

ＳＮＳに、元同僚Ｉの、ウーリーモンキーの写真が流れてくる。〝至近距離から激写！〟。楽しさを知らせたい准教授の彼は、いま研究でアマゾンにいる。彼の研究は上の世代が喜びそうなものばかりで、准教授のポストを得たのは愛想の良さもあるだろう、と私は反射的に思う。T教授のインスタグラムは、佇むチンパンジーとサバンナの夕日。オレンジというより、赤に近い圧倒的な光。新しいiPhoneの画像は凄まじく、時にもはや現実より美しい。T教授の論文は一時海外で話題になったが、一過性のはずだった。そうすぐ思いながら、スマホを消した。

E教授の更新はなかった。私は今、彼に空いた准教授のポジションを頼んでいる。その実績もない三流の大学だが、ポストを求める者は多く、無駄に終わるに違いない。そのポストを空ける准教授からは、辞めるとき連絡があった。猿の研究をやめ、害獣駆除の民間会社に入ると言う。君も辞めたらどうかと促されながら、他人の研究生活の諦念に、口角が上がる自分に気づいた。だがそんな自分を後で意識しないために、慎重に、彼の行動を肯定も否定もしなかった。よくタートルネックを着ていたから、私は彼を密かにタートルネックと呼んでいた。

再読中のデュルケムの『自殺論』を開くが、テレビがついたままなのに気づく。観た人間の九割が、生涯買えない豪邸のCM。帰宅した若く美しい夫を、若く美しい妻と子供が迎えている。続けて高級車のCM。観る人間の大半に縁がない。これを観て、私達にどうしろというのだろう。恐らくこの映像は、私達に購入を促していない。羨ましがれと言っている。この商品の価値と、購入者の自尊心を高めるために。

ノックされ、返事をすると石井が入ってくる。手によく見る水色のポーチを持っている。

「すみません、公私混同というわけじゃ、ないんですけど」

「ん?」

「付き合ってる女性が、来てしまって」

お前は馬鹿か、とは言わない。

「いいよ。そもそも、君は手伝ってるだけなんだし」

「泊まるかもしれなくて」

「うん」

猿みたいだな、とは言わない。

「それは全然いいんだけど、昨日、申し訳なかったね。夜中寝れなくて、ユーチューブで音楽聞いてしまって。結構音大きかったから、うるさかった?」

昨日はあれから帰り、すぐ眠っていた。

「いえ、聞こえなかったです。……あの」

石井の後ろに既に女がいた。亜美だった。

私は驚く。石井は知っているのだろうか。七年前、私達は付き合っていた。

「……どうも、お久しぶりです」

亜美が言う。狭い業界。よくある話ではあった。彼女は心理学、認知神経科学が専門で、霊長類の研究室で働いていると聞いた。確か石井と同じ大学。彼女の敬語の感じから、石井に伝えていないと推測した。黒い髪。相変わらず背が高く、色白で大きな目をしている。美人であるとか、多方で目立ち噂になるようなタイプではないのに、関わった男の大半が惹かれるというか、不吉な雰囲気がある。

「お久しぶりです。汚いところですが、自由にしてください」

私は言う。亜美は細い黒の縦線の入った、紫のワンピースを着ている。彼女達が軽くお辞儀をし、石井がドアを閉める瞬間、亜美の後姿に一瞬性欲を感じた。

「あ、そうだ」

石井が再びドアを開ける。

「前に草間さんが好きだって言ってた銘柄のコーヒー、今回持ってきたので飲んでください」

「ありがとう」

私は再び電話をかける。

——ただいま、電話が大変込み合っております。恐れ入りますが——。

何度目かわからないが、この店のサイトにアクセスする。問い合わせフォームに書き込む。

〝御社に何度電話をかけても、繋がりません。ワープロの修理を頼みたいのです。Aloof社製、品番はAloof-0902。受け付けは、もうしていないのでしょうか？　返信を頂けるとありがたいです。〟

なぜ私からの電話は取らず、店のＳＮＳは更新してるのかとは書かなかった。店主と思われる人物の今日の呟き。〝今回はこちらのオーディオ修理です！　凄い年代物！　まあ私も年代物ですがｗｗ〟

部屋を出た。私は反射的に、ドアを静かに開けていた。

「妹がさ、写真撮られるの、最近嫌がるらしいんだよね」

石井の声。当然だが、私と話す時とは、別人のような口調。

「アプリで動物に加工しないと、撮らせてくれないって親が愚痴ってて。……まだ中学生なんだけど、周りの加工された画像ばっか見て、自分の顔、コンプレックスになったかもって」

彼女達の話を、聞こうとしていた自分に気づく。でもこの話題に興味はない。

「そうなんだあ」

亜美の親しげな声。私にも、こんな声を出していただろうか。今さら音は立てられず、靴下を滑らせ、すり足で彼らの部屋の前を過ぎ外に出る。元々、聞きたいと思っていたわけではないはずだった。なぜか亜美の声が再びよぎった。

「そうなんだあ」

ニホンザルは仲間が見えず不安になると、「ホイアー」と叫ぶ特定の声がある。それを聞くと仲間が叫び、自分が近くにいると相手に示す。声を頼りに彼らは合流する。今の私が叫んでも、応える声は当然ない。

亜美に別れを告げられたのは、結婚の話題を、講師の不安定さと安い給料を言い訳に、私が先延ばしにしたのが原因の一つと思われた。研究が大事な時期で、今はまだこのままがいいとも言った気がする。あの群れ捕獲の直後で、何かの励ましもなく、私の乱れた精神と無関係に願望を口にした彼女に、苛ついたのも確かだった。あれから亜美は、ずっと独身だったのだろうか。石井とは確か十五歳離れている。

私は想像の講演をしている。

「皆さん、共感とは、人間特有のものでは、実はないのです」

聴衆は私の声に、熱心に耳を傾け続ける。想像だから。

「哺乳類では、広く見られる内的な動きです。実験で、同じ場所で飼っているネズミに痛みを与えると、見る仲間のネズミは動揺します。でも別の知らないネズミに同じことをしても、見るネズミは何の反応もしない」

私の講演は、相変わらず生物学に留まらない。

「人間には内集団バイアスがあるとされます。先程のネズミと同様、同じ国や民族などの集団内に対し、特に共感する傾向がある。このように共感とは、実は動物的情念と深く結びついています。群れ以外の人間、つまり他民族や他国に共感するのは、動物の情念から離れた、人間の理性に関わることです。理性は情念より強くありませんので、人々を他集団との美しい共感に向かわせるのは、動物的な情念が邪魔して何とも難しいのです。多くの生物学者は、動物は本来保守的と言います。だから他民族との交流を促す、所謂リベラル的な言説を広げるのは難しいのです」

講演が終わると、また女性が待っている。以前も私を待っていた、架空の女性。頼まれるまま、私は控室で彼女にサインしている。

——お手紙、読んでくれましたか。

——ええ。

——連絡先を書いたから、連絡が来るかもって、ドキドキしてしまいました。

照れたように彼女が言う。私は笑う。

——○○さんは、勘違いしてますよ。僕はそんな大した男ではありません。僕は教育者ですから、若い人には、自分を超えて欲しいと思います。研究で、僕を超えてください。そうしたら、何だ、あいつは大したことなかったな、とその時に思いますよ。

自分の想像に思わず苦笑する。私は何がしたいのだろう。

村外れの小屋に着き、錆びた南京錠を開けた。檻内のメス猿が私を見上げる。昨日と同じ、衰弱した目で。私は持っていた登山用ゴーグルを、檻の中に入れる。これでその目を隠してくれと。私は何をしているのだろう。猿がかけるわけがないのに。サイズも合わない。

私は凹凸の目立つ銀色のバケツに、朽ちたタオルを入れた。灯油を注ぎ、火をつける。

猿が不意に叫び、飛びあがり檻に身体をぶつける。まだこんな力が残っていたのか、と思う。恐らく失敗だ。だが私は、燃えるバケツの側にミカンを置く。檻の入口を開けた。火に照らされ、置かれたミカンが火色に染まっていく。

「来い」私は猿に言う。

人間以外の生物は、基本的に同種を殺さない。

飢えによる共食いや、子がいて発情しないメスの発情を促すための、新しいオスによる子殺しなど——ライオンやホエザルなど——の例外はあるが、基本的には、同種は同種を攻撃するが、日常的に殺すまではしない。だが例外とも言える種がある。チンパンジー。

チンパンジーの群れの縄張りが隣接する時、数の多い方の群れの複数のチンパンジーが連れ立ち、相手の縄張りに向かう。そして一四、もしくは少数でいる相手を縄張りの隣接地域に見つけると、集団で殴り、牙で嚙み殺す。それを時間をかけて繰り返し、相手の群れのチンパンジー達を少しずつ消していく。狼が同種を殺した観察事例があるが、性質が違う。

徐々に殺されていく群れは、やがて自分達の完全な劣勢から、縄張りを明け渡す。群れ内でも、出しゃばるチンパンジーを集団で殺す。飼育下では、殺害時に睾丸を抜き取られたケースもある。

人間以外で最も知性のあるチンパンジーだけが、なぜ同種をこのように殺すのか。私見だが、チンパンジーが持つ知性が、殺した方が得であるケースに気づいたからではないかと思う。同種を殺すことに本能的・生物的な拒否感を覚えるはずだが、その感覚は「集団でやる」ことで分散し、誤魔化し薄れるのではないかと。

生物が生物を食すのを悪とせず、同種を殺すことのみを悪とするなら、動物に悪を可能にさせるのは知性ということになる。これに気づいた時、私はチンパンジーや人間に向かう生物史の密かな冷気を感じた。ようやく獲得した知性、それが悪を可能にする。

チンパンジーは思いやりにも長けているが、圧倒的な男性社会であり、性暴力も多い。日常的に特定のメスを暴力で支配し、発情期に優先的にそのメスと交尾するオスもいる。これが最も人間に近い種であるという、生物学的な残酷。

私は目の前のメスのニホンザルに火を見せ、餌を見せる。ここまで餌を取りに来させ、火に慣れさせるために。ニホンザルにおいて、革新的な行動はほぼいつもメスから始まる。火を使うようになれば、彼女達の種は根本的に変われる。

私は自分が狂っていないと知っている。自分の考えが、常軌を逸しているとわかっているから。でも実現の可能性はあるはずだった。

ニホンザルである彼女達の、せいぜい相手を傷つける程度の悪を、この火で乗り越え、拡張することができる。その悪はチンパンジーを超える。蛇は人間に知恵の実を食べさせることで知性を与え、ギリシャ神話の神プロメテウスは人間に火を与えた。私は猿に火を与えた最初の人間になる。君達の悪を拡張しない限り。私は内面で彼女に語りかける。君達は、君達をあのように巧みに殺した人間に勝てない。

火を見た猿は檻から出ず、叫び、手足を檻にぶつけ暴れている。もっと衰弱させねばならなかった。空腹が、火への恐怖を上回るまで。餌で火に近づくことを増やせば、猿はやがて火に慣れるはず。

「ほら」

私は足で燃えるバケツを押し、檻に近づける。この火を使い、試しに、君達はまずこの村を焼け。

だが猿は檻から出ない。火が弱くなり、私は砂を入れ消した。餌に我を忘れるほど衰弱させなければならない。だが檻の入口を閉めた時、猿が衰弱した目を再び私に向けた。

私は動揺する。ミカンを摑み、檻に入れた。猿が飛びつく、あさましく。

この程度で餌を与えてしまう、私の卑小な悪。でも仕方なかった。あの表情をこれ以上見るのが、私には難しい。彼女は当然ゴーグルもかけない。飢えさせず、ただもう火に慣れさせせるしかない。

夜になり眠ろうとすると、壁から亜美の喘ぎ声がした。こんな声だったろうか、と思う。誰かに見られる、その恐れのある状況に興味を持っていたが、こういう大胆さはなかったはずだった。私へのあてつけかもしれないが、それをこのような形で実行する女性でもなかった。私のユーチューブの音の嘘で、恐らく石井は壁が厚いと誤解している。でも相手が亜美とは思わなかった。

私もこの部屋で女性を抱く。私の上で女性が乱れながら声を上げる。私と石井が、お互いの女の声を競わせるように。私の上で喘ぐのは、私を待っていたさっきの架空の女性だった。ここでこんなことは、私はしたくない。自分の欲望でないとはっきり言えるのに、なぜ浮かんだのだろう。私は、どこまでが私なのだろう。人間は、どこまでがその個人だろう。

もう、随分と女性と寝ていない。恐らく頻繁に体位を変えている様子と、亜美の大きな声を聞きながら、クモザルのようだ、と思う。笑いが口から洩れる。クモザルは性行為が多様な猿の中でも、私の知る限り最も多くの体位を持ち、最も頻繁に声を上げる。

不自由

社会学者・デュルケムの『自殺論』によれば、急激な不景気だけでなく、急激な好景気でも自殺が増えるという。

欲望は、叶えられないと苦痛になる。急激な好景気では人々の欲望が増大し、成功者も増え、彼らを羨望することでも欲望は刺激されてしまう。際限なく増大する欲望は実現が難しくなり、人々は苦痛の中でストレスを感じ続ける。この欲望の増大の状態を、デュルケムは「アノミー」と呼んだ。

デュルケムがこの書を記した十九世紀と、現在の欲望の刺激媒体は比べものにならない。もはや不景気でも好景気でも、現在の「アノミー」は、人類の未知の水準を更新し続けている。欲望を、個が耐えられる範囲を超えた状態にまで、感じさせられていく。人を苦しくさせるものは、これもあるのだろうと思った。

急な冷たい風が顔にかかる。数匹の猿が私を見ていた。いつものように「まだいるのか」という視線。「今日も私達は、お前のために何もするつもりはないのだが」という視線。

過度の欲望を持たない、競わない、と人間が意識しても、社会で生活する限り、無意識への刺激は避けられないのではないだろうか。競わないと決めても、自己肯定の感覚が、気だるく下がっていきはしないだろうか。摑みどころのない、透明な不満が内面に漂う。

デュルケムは、そのような人間と比べ、動物は実現可能な欲望しか持つことがないと書く。空腹になれば食べ、満腹すれば終わる。消費と補償が均等状態にある。まだ出会ったことのない幸福が、いつか見つかるとも思わない。

もし目の前の猿達が交尾に厳格になり、相手を過度に選り好みするようになれば。限定されたものを奪い合うことになるから、彼らは自身を際限なく、磨き続けることになってしまう。彼らが蓄える行為を知れば、物量の優劣が発生する。比較するようになり、もっと欲しくなり、他者より多く欲してしまうだろう。欲望の均衡が崩壊する。苦しくなる。

採食をやめた右端の猿が、別の猿に近づく。無表情で上に乗る。唐突に交尾を始める。

「……フィクションで、一番酷い恋愛の言葉、何だと思う？」

背後に亜美がいた。私と同様、厚手のマウンテンジャケットを着ている。彼女も観察するつもりだったのだ。

この質問には覚えがあった。私が答えを探しているうち、別れがきた。

「その質問、結局わかんなかった」

彼女が敬語でないから、私もやめた。

「知りたい？　私の考えだけど」

「うん」

彼女が私の隣に、やや距離を置いてしゃがんだ。

「〝ぼくを愛さないで、でもぼくに忠実でいてくれ！〟」

「……多分読んだことあるけど、覚えてない」

「カミュの『転落』」

私達には、過度に本を読む共通点があった。

「あなたって、そんな感じだったよね。もっとはっきり言えば、〝俺を愛さないでくれ、でも時々やらせてくれ〟ってことだから」

「……そんなことないよ」

見ていた猿の交尾は終わったが、続いて別の猿達が交尾を始めた。

「最初、わたし積極的だったでしょ？」

亜美の横顔と、白い首筋に欲望を感じた。

「どうだったかな」

「今更言うのも何だけど、私、あのとき酷い失恋の直後だったの」

「うん」

「それで、自分が嫌になって、何て言うか、発作的に、自分を貶めたくなったっていうか……。だから自棄みたいに、あなたとしちゃったの。……傷ついた？」

そんな感じはしていた。でももうあまり覚えていない。

「私が足の踵を怪我した時、あなた心配する振りして、擦り切れた箇所じっと見てて。……自分の獲物みたいなのを、静かに見るみたいな目だったんだよね。やだなって思った。こういう目をする人には惹かれるけど、付き合うと変な感じに続いてしまうっていうか、ろくなことないから。部屋行ったら小説たくさんあって、ああエロいんだって思ったよ。本たくさん読んでる男って、エロいから」

私は笑う。

「偏見、……でもないかもしれない」

「でしょう？」

猿達はまだ交尾をやめない。他の猿達も続くように始めた。

「付き合ってみたらあなたは優しかったし、そんなに悪くなかった。ちゃんと好きになった。それは本当なんだよ。……でもあんな風に結婚してって言ったのは、今思えば悪かったと思う。あなたは『群れ捕獲』のすぐ後で、雨でずぶ濡れで電話かけてきて……。でも周りがどんどん結婚して、あの時ちょっと私おかしかったんだよ。本当に結婚したかったのか、周りに見せたかったのか、両方なのか、今思うとよくわからない。でも、あなただって悪かったんだよね。このままがいいって言って、結婚を先延ばしにした理由は仕事だったけど、あの時のあなたが一番やってたのは〝鈴木事件〟の証明みたいで、……重要にも思えなかったし」

確かにそうだった。あの事件は、でももう風化している。新たに様々なことがあり、それらも知られ過ぎて、出来事が次々忘れられていく。

「今何してるんだろうね、あの人」

同業者の鈴木氏が観察していた群れに、生まれつき片腕の動かないオスと、片足の動かないオスがいた。二頭が助け合う観察事例を感動的に記した彼の本は、ベストセラーになった。彼は連日マスコミに登場した。彼の父親がヨーロッパのどこかで教えており、そこへの留学経験があり、トレードマークの藍色のスーツを、幾着も揃えているという噂だった。料理が趣味で背が高く、眼鏡の反射のせいか、目が鉄色に見えた。

　でもやらせの疑惑が持ち上がった。鈴木が自ら猿の腕と足を傷つけており、観察事例も虚偽という。彼は疑惑を否定したが、准教授を辞め姿を消した。彼の行為を業界内で話す時、皆の口調には怒りと同時に、彼の失脚への快楽が滲んでいた。私もそうだった。

「私、ちょっと口説かれたことあったんだよね。この前辞めた別の准教もそうだったけど」

　成り行きで私は彼の群れを調査することになり、腕と足が不自由な二頭が、いなくなっているのを知った。ニホンザルのオスは近親相姦を避けるため、一定の年齢で群れを出る。だがその二頭は早過ぎた。

　私は観察をレポートに記す時、事実のみを書いたつもりだが、彼への怒りと、彼の失脚への喜びが滲んでいたかもしれない。私のレポートで、証拠隠滅のため、鈴木が二頭を駆除したのではと新たな疑惑が湧いた。私にもよぎった疑念だったが、その後レポートを読み返し、自分が示唆はしていないことを何度も確かめた。私は二頭の猿の推定年齢を明記したが、彼らが群れを離れたなら、それは早過ぎるとは書いていない。だが専門家なら誰でもわかることだった。仄めかさず中立を維持し、責任を逃れ、でも予測された結果に満足するということ。これは悪だろうか。

似た事例は他にもある。同僚の失墜は、成功より早く広まる。去年は、元同僚Kが自殺した。確か論文の盗作の噂があった。

「あなたの部屋のドア開けたら『自殺論』があって」亜美が話している。「それでちょっと心配になって声かけたんだけど……、こっちじゃなくて、猿見てる後姿見てたら、むかついちゃった。ごめんなさい。励ますつもりが攻撃しちゃった」

「いいよ。『自殺論』は、研究で読んでるだけだし」

メスを巡り小競り合いが起こるが、すぐ終わった。攻撃を受けた側が離れ、攻撃をした側がメスに乗った。でも離れたオスも、終われば順番にメスに乗るだろう。

「結婚はもういいの。周りでそういう話あると、まあ嬉しくはないけど別にもう慣れたし。でも今は、自分のポジションが危なくて。……進んでるプロジェクトが、別の人間に取られるかもしれない。その子、教授と寝てるんだよ。他にも色々あって」

そう言い、ポケットから錠剤を出した。

「薬処方してもらってるの」

雪が連なるように降り始める。予報では晴れだった。

「あなたと久し振りに会って、……あなたとしたいって思っちゃった。ちゃんと言うと、『自殺論』を見た時だったけど。……辛そうだから、気の毒になったのかも。今私もストレス凄いし、悪い癖なんだけど、でも駄目なんだよね」

「うん。俺も君としたいけど、石井に悪い」

猿達の交尾は終わりそうにない。チンパンジーのメスは十一時間で十八頭と、六十五回した記録がある。

「人間は不自由。……だから、こんなものが必要なんだよ」

彼女はそう言い、自分の錠剤を見た。パッケージ内に一定に並ぶ、白色の粒。順に飲まれるのを待っている。

「私の知人で、あなたが尊敬してるジェーン・グドールみたいに、自ら仕事の目標を次々達成していく人がいて……、そんな彼女を見てると羨ましくなるけど、私も懸命に生きてるっていうか」

その通りだった。私も私なりに生きている。亜美が一瞬立ち上がろうとし、力を入れ損ねたようにまたしゃがんだ。

「私、こんなことしてる場合じゃないのに。……石井君と私は歳が大分違うし、どうせいつか離れてくって決まってるのに、……何で付き合ったんだろう」

「なら、別れればいいよ」

私は亜美と、もっと話したいと思っている。

「で、俺とやり直せばいいんだよ。あれからお互い年齢もいったし、上手くいくかもしれない」

「馬鹿じゃないの」

亜美が笑う。

「あなた、別れる時、私のために別れるって言ったんだよ。俺と一緒にいてもろくなことがないからって。……それで今は、久しぶりに会って新鮮さを感じてるだけで、すぐ倦怠がやって来る。あんなにたくさん本読んでるのに、わからないの?」

亜美が立ち上がる。小屋に戻るのだろう。

「そんなことは全部、『ボヴァリー夫人』に書いてあるじゃない」


何も起こらなかった観察を終え、私も小屋に戻ると着信があった。

——准教授の件、残念だけど、別の人になってね。

E教授だった。期待してなかったが、鼓動が速くなる。

——君を手伝ってる、石井君がなることになった。博士課程の後にね。……ほら、彼は石井教授のご子息だから。

よくある話だった。猿みたいですね、とは言わなかった。猿は大抵、血縁が重視される。

「猿みたいですね」

言っていた。

「猿を研究してる者達の、猿みたいな人事ですね」

――君の気持ちはわかるよ。でも石井教授の、何て言うの、業界の政治力は知ってるだろ？……薄給の非常勤講師なんて、息子にやらせたくないんだろうよ。あとな。

E教授が、軽く息を吸うのがわかった。

――三月で、君は辞めてもらうことになってしまった。俺も努力はした。大学にも何度もかけあった。でもわかるだろ？ 大学の国の予算は年々減ってる。我々みたいな文系は特に。非常勤の大半が切られることになって、君もその一人になってしまった。

悪質個体

――ただいま、電話が大変込み合って――。

〝御社は顧客の問い合わせに返信せず、SNSばかり更新していますね。どういうつもりでしょう？ 私は今、大変重要な論文を執筆中です。諸事情で、現在故障中のワープロで書かねばならないのです。あなたが先日直したくだらないオーディオやくだらない目覚まし時計とは、根本的に価値が違い過ぎる。あなたは自分が、心底くだらない人生を送っていると気づいていない。フォロワー数ばかり気にして、一体何がしたいのですか？　大事なのは商売だろ？　私のワープロを修理すれば、あなたは私の重要な論文に貢献することもできるのですよ。わからないのか？　お前は馬鹿なのか？　猿か？　猿だろ？〟

私はここまで書いたが、当然送信ボタンは押さない。ややすっきりした気もしたが、よくわからなかった。画面を切ろうとした時、送信完了の表示が出ていた。はずみで押したのだろうか。鼓動が微かに乱れたが、どうしようもなかった。一度押したボタンは取り消せない。昨日私は寝ていない。私を励ます者も当然いない。

「大学の事情も、わかるんです」

私はベッドに寝転がる。何かのインタビューに答えていた。

「問題は、文系を軽視する国の姿勢です。私はたまたま、講師の契約が切れる寸前にあのような発見をすることができた。でも……、皆がそうできるわけじゃありません。重要なのは可能性です。可能性を奪えば実現もない。私がこのたび基金を設立したのは、若い人達の手助けを——」

私が控室でサインをした、あの架空の女性が来る。私はホテルのドアを開け、入って来たばかりの彼女にキスをする。彼女がこうされるのが好きだから。

「蜘蛛は、交尾したオスを食べるって、聞いたことあるでしょう？」

私は言う。彼女は服を上から順に脱がされながら、笑顔で頷いた。

「だから、メスの足を糸で縛って、交尾するオスがいるんだよ。……自分を殺そうともがく女を縛って交尾する。一番興奮するセックスはこれだよ」

「えー、わかんない」

彼女はこういうことに乗らない。亜美とは違う。私は部屋の女性を亜美に変えた。私は亜美を縛っていく。

「あ、……ああ」

観察に行く気になれない。朝なのに、隣から亜美の喘ぎ声がする。私は部屋を出た。ゴーグルがないのに気づき、猿の檻の中と思い出し、予備のものをポケットに入れた。廊下をすり足で歩く気にもなれない。軋むドアを開け、外に出た。

「いや、いや、殺してやる」

私は動けない亜美の首筋にキスをする。見える血管の青い線に沿って。だが亜美が笑い出した。

「もう、本当に〝悪質個体〟だね」

「駄目だよ、ちゃんと演技してくれ」

想像が記憶に変わっている。これは実際にあったやり取りだ。亜美に変えたのは失敗だった。記憶には、思い出すと惨めになるタイミングがある。

「私は非常勤のポストさえ、失うところでした。なぜあの時、猿達があの行動を取ったのか。……もしかしたら、私を助けてくれたのかもしれない」

今度は会場の観客が笑う。

「私はワープロの修理を頼み、論文を書くつもりでしたが、……彼は働いてくれなかった。惜しいですね。もし修理してくれていたら、私はこの場で店名を出し、感謝して宣伝もしたというのに」

私は知らない女性を縛っている。顔はない。私は〝悪質個体〟だが、彼女も同じだろう。

「なぜ私は猿に惹かれるのか。ニホンザルは乱婚のため、父親の概念がありません。私は自分の父をよく知らないので、共通点があったのかもしれない。ニホンザルのメスは基本群れに留まりますが、オスは一定の年齢が過ぎると群れを離れ、そんなオス同士で行動したりします。でもさらに歳を重ねると、独りで行動するようになるのです。なぜかはわかりません。年齢と共にコミュニケーションが難しくなるというか、わずらわしくなるのかもしれない。……離れ猿、もしくは〝疎外個体〟と呼ばれるようになります」

小屋の南京錠を開け、中に入る。檻内のメスが私を見上げる。餌を与えたので、もう衰弱していない。

壁の黒い染みが線のように伸び、渋滞したように止まっている。バケツを出し、朽ちた布と灯油に火をつけた。猿が檻内で暴れる。だが暴れ疲れると、火を凝視し始めた。

恐怖で怯えながら、しかし惹きつけられている。そう思った。

「これが悪だ。奇麗だろう?」

私は猿に語りかける。

「……いいものがある」

私は小屋内の一番上の箱から、手のひら大のライターを出す。箱の中で幾つも並び、出されるのを待っていたもの。

「土産物屋で買った、変なライターで、……見るといい」

私は枯葉の束の横に、それを置く。カスタネットに似た大きなボタンを押すと、先についた女性の口から火が出る。枯れた葉の一つに、小さな火が移った。

「これなら君らの手で押せる。十個ある。俺の真似をするんだ。ほら。見てろ」

私はライターを押し続ける。

「もう一度やる。……ほら」

猿は私の火を見ている。だが再び暴れ始めた。

「檻に入ってるそのゴーグルをかければ、火にも慣れるかもしれないけど。……火の出ないやつで、まず練習して癖をつけるしかない。これで村を焼け。一度つければ、火は自ら巨大になっていくから。君達を殺す人間を殺せ」

「何してるんですか」

石井の声だった。背後から。

鼓動が速くなる。身体が硬直したようで、動くことができなかった。火を使うから、後ろのドアを開けていた。

「吹雪になるから心配で追ってみたら、……猿に、火を？」

振り返る勇気がない。どのような顔をしていいか、わからない。

「おかしくなったんですか？……こんなこと、上手くいくわけない、でも、もし、もしそうなったら、最悪じゃないですか。大学に報告します」

なら私も、とは言わなかった。君達のセックスが、クモザルみたいだから報告しようとは言わなかった。

「君達のセックスはクモザルみたいだ」

枯葉の火はいつの間にか消えたが、バケツは燃え続けている。

「だから報告するよ。大学が人間ではなく、クモザルを手伝いによこしたって」

石井の顔が歪む。

「見てたんですか」

「聞こえたんだよ」

「どうでもいい！」

石井が叫ぶ。叫ぶと感じたタイミングで。怒らない奴だと思っていた。でも仕方ないじゃないか。私は昨日、寝ていないのだ。

「大学に言います。あなたは精神に異常をきたしてる。猿に火を教えるなんて狂人ですよ。元々何考えてるのかわからない人だったけど、その歳までずっと非常勤で頭がいかれたんですか。でももうあなたはこの業界で働けない」

確かにそうだ。私はそもそも解雇だが、その解雇に後付けで正当性を与えてしまう。この近くは雪崩が多い、と私は思っていた。あまりにも自然に、そう思っていた。私と石井が散歩をし、偶然雪崩がきたら悪だろうか。もしくは私の手が偶然、崖で石井をちょっと押したら悪だろうか。なぜなら、それはきっととても少しの力なのだ。雪山では、何が起きても不思議じゃないと感じるのではないだろうか。人間も猿の延長に過ぎない。

自然の罠。私がつくったわけではない。つまり私のせいではない。

檻内の猿はまだ怯え続けている。見本を見せてやろうか、と私は思っていた。極端な悪がどういうものか、この猿に。

「石井、……悪かった」

私はそれらしい表情をつくっていた。

「少し散歩しないか」

第三部

首吊り

私の前後に人が並んでいる。降っていた雨は霧に変わっていた。

私はあれから、石井を殺したのだろうか。まさかそんなはずはない。でも思い出せない。

「……やっとわかりました」

背後で声がする。前に私の後ろに並んでいた、手相の男だった。

「あなたは、いつから?」

「今頃気づいたんですか。私もあれから列を離れて、でもまた並んだらあなたの後ろになった。それだけです」

手相の男は、言いながら茫然としている。

「そんなことより、色々思い出しましたよ。あなたもそのようだ。でも何で、私達はこうやって並ぶようになったんだろう。そもそも、ここはどこなんでしょうか」

「……わからないですね」

私はそう言うしかなかった。手相の男が続ける。

「物理学で、ホログラフィック原理っていう学説があります。私は詳しく知りませんが、世界は本当は、二次元のデータみたいなものではないかと……。それを我々の脳が三次元に、このように知覚して、我々に見せてるだけという。……つまりこの列は、そのデータの別の見方ってことじゃないでしょうか。同じデータのようなものがあって、それが一方では通常の生活のように見えて、でも違う見方をすれば、このような列に見えるのでは」

よくわからないが、そうではない気がする。違うと思う。

「生活する私達はここを知らないけど、でも多分ここで死んだら、生活してる方の私達も死ぬというか……。この列に、私の知り合いが何人かいた。私が生活で経験した出来事と、似たこともこの列で起こってる。でも色々一致してるようで、微妙にずれてるところがあります」

男の説をはっきり理解したわけではないが、やはり違うと思う。二つの世界などという甘いものではなく、これはもっと、深刻な別の何かだ。でも私は今、石井のことしか考えられなかった。

石井は以前、この列にいた。隣に列が見え、私の勘違いの言葉もあり、彼はそっちの列に行くため離れたはずだった。この列が生活を反映し、連動してるなら、あれは死んだということか。でも彼は昔バンドで休学してるから、そのことだろうか。もしくは時間のずれがあるのだろうか。

私はまだ、石井に何もしていないのだろうか。これからなら、彼は私の前にいるのだろうか。まだ全くわからない。

「ちょっと足どけてください」

前にいた小柄な女性が屈んで言う。微笑んでいる。

私が足をどけると、下に疲労した草が並んで生えていた。彼女が右から順に引き抜いた。

「何を？」

「草、抜いてるんです」

秘密を明かす声だった。

「私はこうやって、身の回りの地面を美しくしています。……うわさ聞いたこと、あるでしょう？〝彼ら〟が来るって」

「〝彼ら〟？」

「〝彼ら〟が来るんです。ここに」

列は長く、いつまでも動かなかった。

「私の善行を、きっと誰かが見てくれている。そして遣わされた〝彼ら〟が、いつか私の元にやってくるんです。『この草をむしり、周囲を綺麗にしたのはあなたですね』。〝彼ら〟はそう言って私の手を優しく取って、並ぶ人達のすぐ脇を通って、連れていってくれるんです。列の人達は私を羨望して」

「……どこに？」

「ここではない場所です。きっと何かいいことがある。私の密かな善行を、誰かが見ていて」

「だからどこですか」

「どこか！」

彼女が短く叫ぶ。でもすぐ小声になる。辺りの草をさらに引き抜き、雨で濡れた砂を均等にならし始めた。

「少なくとも、ここよりは前のはずです。別に一番前じゃなくてもいい。でもみんなの中では、できれば前の方にいたい。……友人に、家族を侮辱されたことを思い出しました。ここより前に行けば、もう侮辱されない」

霧が晴れていく。前の方で叫び声が上がる。

「ああ」

「ふざけんなよ、まじか」

列の上にかかる太い枝から、人がぶら下がっている。

一体ではなかった。ここから見えるだけで、三、四の死体。それぞれ間隔を空け、列の間にぶら下がっている。並ぶ私達の顔の位置に腰がある。首吊りだった。

「場所代わってください。私、目の前にこれが」

「そう言って、順番代わる気でしょう？　後ろと代わればいい」

「それは嫌！」

「誰だ、死体揺らすなよ。当たるだろ？　この死体、さっきの雨で濡れてるじゃないか」

列の騒ぎが大きくなる。だが誰もその場を離れない。死体が揺れる度、それを顔や肩に受けながら、列に踏みとどまっている。

「おい押すな」

「押してない！」

あらゆるところで声が上がる。後方が特に騒がしかった。

「ねえあなた、何でそんな後ろ詰めるの？　近づかないで。間隔あけて」

「死体があるんだ！　君の前は俺よりスペースがあるじゃないか。もっと詰めてくれ」

「詰めたら私の前が狭くなる。何で私があなたのために損しなきゃいけないの？　あなたが戻ってよ」

「俺のすぐ後ろも人が詰めてる、戻れないいんだよ」

「あなたのことなんて知らない。ちゃんと人の話聞いて。押さないでよ！」

「君こそ話聞けよ！　俺が押すのは君のせいだろ！　前を詰めろよ」

草むしりの女は、周囲の騒ぎのなか黙々と砂をならし続けている。周りの醜さで自分の善行が際立つとでもいうように、手の勢いが増した。

「前、詰めてください」

後ろの手相の男が言う。

「何で、そんなすぐ後ろにいるんですか」

「後ろが詰めてきて、こうするしか」

「少し離れてください、息が首にかかる。……わかりましたよ」

私は前の彼女に言う。

「前、詰めてください。後ろが詰まってきてるんです。あなたの前、広いんだから」

「嫌です。全部自己責任じゃないですか」

「お願いですから」

「ちょっとそこ踏まないで！　ならしたばかりなのに！」

霧がまた雨に変わる。あらゆるところで悲鳴が上がる。

「ああ、雨、ならしたばかりなのに」

「いい加減にしろよ！」

前方でひときわ大きな声がした。後ろが詰まっているのに、自分は詰めず、前の間隔を大きく保った男がいる。

「お前、少しは動けよ！」

「格好悪くないですか？」その男が半笑いで言う。

「必死になるって、馬鹿みたいじゃないですか？　必死過ぎっすよ」

「ああ、ああいう奴」

手相の男の後ろの男が、呟くように言う。距離が近く、彼の息まで首や耳に当たるようだった。

「ああいう奴が書いた本、読んだことあって。……頑張る必要ないって、適当でいいって。そうだなと思って、まあんま頑張らなくなったんすけど、そしたら会社クビになって」

「地面はいいから、立って前つめてください」

「まあいいやと思って、楽なバイト探して。でも知ってるかな。楽なバイトって、実はないんですよ。あっても時給安くて」

「押さないで！」

「押してない！　適当なこと言わないでくれ」

「何なの？　あなたの場所が狭いのは、あなたのせいだから！」

「でもまあいいやって、適当にバイトやって、でも趣味見つけてたんですよね。で、あれってなって。……趣味って、こんな金かかるのかって。他の奴らの金のかけかた見て、羨ましくなってきて……、しかも考えてみたら、頑張るなって本書いてる奴、大金持ちだったんすよね。あの必死になるなって言ってる奴も、結局並んでるし」

「私は嫌。絶対動かない。誰かが見ていてくれるから」

雨が強くなる。土砂降りになる。前の方の首吊り死体が、並ぶ痩せた男の身体に雨で密着し、そのぶら下がった気だるい足が彼の細い右腕に絡まる。被害に遭ったのは神父のようだった。その神父が絡まる足を反射的にほどく。死体はさらに揺れ、前後の複数の人間の、胸や顔面にその濡れた靴が当たっていく。でも誰も列を離れない。死体に当たりながら、耐えている。風が吹き、地面の石の一つが、すぐ前の石を転がりながら抜いていった。

あの神父は、なぜ並んでいるのだろう。神に願いを言うためだろうか。でも仮に先頭がいたとして、その先頭も神の返答をもうずっと待っているのだとしたら、この列に意味はなくなる。

「ちょっと、何?」

ようやく立ち上がった草むしりの女が、何かに当たる。突然上からぶら下がった、また首吊り死体だった。

「いや!」

彼女が悲鳴を上げる。私の周りで互いが互いを押し、幾つも怒声が上がる。頭上で再び無数の赤い鳥が飛んだ。雨がさらに強くなる。彼女が死体を押し、それがゆるく回転しながら私のすぐ前に来た。

死体は亜美だった。

一秒と十五年

「今さら無理ですよ。大学に報告します」

私は石井と並んで歩いている。この辺りの地形を、石井はよく知らない。あと百メートルも行けば、雪崩地点に入る。

「でも別にいいじゃないですか。どうせこのまま大学いても、草間さんろくなことないですよ。何年非常勤やってるんすか」

丘を上がっていく。身体に急な角度は感じないが、緩やかな傾斜を進む度、いつの間にか高さが蓄積されていく。簡単過ぎる、と私は思っていた。彼をここで押しても、誰も見ていない。

やるわけがなかった。想像だけで、物事の発生の、すぐ近くまで行くだけだった。だが皮膚と、腕の中の、恐らく神経だと思うが、何か線のようなものがざわついた。

「知ってるでしょう？　僕はバンドやってます。メジャーデビューはしてない。メンバーも、みんなメジャー行ったら好きな音楽できないから、これでいいって言う。僕もよくそう言います。でも嘘ですよ。そんなの」

雪崩地点が見える。自然の罠に誘うかのように思う。引き返すべきだが、石井が話している最中だった。亜美と何かあったのか、彼は機嫌が悪い。

「でもTっているでしょう？　インフルエンサーの。彼女が一度、僕らのバンド褒めてくれたことあって。あの時、ユーチューブの再生回数とかは上がりました。そのインフルエンサーはいい人だったし、僕らみたいな暗いバンド紹介して大丈夫なのかなって、心配もしましたけど」

鼓動が速くなる。やるわけがないのに、と私は思っていた。なぜ鼓動が騒ぐのだろう。まるで本当に押すかのようだ。

「再生回数とか、……そうですよ。気になって見ちゃいますね、口では気にしないって言いながら。……僕は准教授になるんです。昨日正式に決まりました。なればもう、バンドは無理です。親父の仕業ですよ。諦めさせたいんだ。そんなの蹴ればいいって思いますか？　僕は受けますよ。准教になります。そうやってグジグジ、新しく出て来るバンドをけなしながら、猿ばかり見る生涯を送る」

私は何をしているのだろう。既に雪崩の領域に入っている。いま雪崩が来たら、私のせいだろうか。話している石井との、共犯ではないだろうか。状況が、自分から離れたところで、勝手に進んでいくように思っていた。

もうずっと、〝何をなさってるんですか？〟と聞かれていた。院生だった頃は大学院生と言えた。でも非常勤講師は、他人に上手く説明ができない。

〝大学で教えています〟〝え？　大学教授さん？〟〝いえ、講師です〟〝講師？〟〝はい、非常勤で〟

バイトなのか、という相手の表情は当然だった。間違ってはいない。生活はギリギリで、バイトのようなものだ。アマゾンでの観察に参加した時、私は勝手に手伝いに行ったから自費だったし、そのため荷物搬入のバイトもした。鼓動がさらに速くなっていく。彼を押せば、ポストが空くのは確かにそうだった。もしかして、私は准教授になるかもしれないのだろうか。押すだけで。そんな好運があるだろうか。

石井が私の少し前を歩いていた。何て愚かなのだろう。この場所で、私に背を向けるなんて。押すのは一秒だった。十五年かかって得られなかったことが、私の十五年の生活が、一秒で変わるのだろうか。私がようやく、信じ難いことに、何かになるというのだった。

やらないと思っているのに、視界が狭くなっていく。石井は何かを話し続けている。石井の肩の辺りしか見えない。私を誘う膨らんだ肩しか見えない。試しに、右腕を前に出してみていた。ここまでは、私は動かせた。ここまでは、それに近づくことができていた。ポストのために、若い人間を殺す人生の底が目の前にあった。もうポストなどより、自分を消滅させ、人生を侮蔑したい引力を感じたようにさえ思えた。私を必要としない世界を、なぜ私が必要としなければならないのだろう。考えが独りでに加速していく。いま考えられる最悪をするということ。石井の茶色いジャンパーの肩は皺がより、四つの浅い窪みがあり、私の狭くなった視界の中で立体的だった。その窪みは、私の押す指が収まるのに丁度いい形をしていた。まるで、既に私の指がそこにあるかのように。息が速くなり、呼吸が難しい。私はやらない。でももう少しまでなら、いけるだろうか。後戻りのできない領域に。人生がそこで切断される、粗い断面のような何かに。石井の首が微かに傾く。そのまま振り向いてくれればいい、と思っていた。そうすれば私は咄嗟に笑みを浮かべ、途中でやめることができる。だが石井の首の傾きはそれ以上いかず、私に無防備な背を向け続けている。このままではできてしまう。鼓動が苦しい。胸の内部を、黒い粘りのある何かが警告のように打ち続けていて、それがなぜか目の裏に見えるようだった。右腕をさらに動かす。ここまで近づいている自分に驚く。いつの間にか、私は戻れない状況にいるのだろうか。これではもうとても近い。今振り返られたら、逆に言い訳ができないような気がする。やるしかないということになってしまう。私の意志は既に、この状況によって疎外されているのだろうか。振り返られたら、もうやるしかないということになってしまっている。狭い視界の先、石井の首の横にホクロがあった。その黒い点は一瞬霞み、再びくっきり輪郭を主張し始め、また霞み点滅しているようだった。こんなところに、ホクロがあったのだろうか。私がこれを発見したのだ、と奇妙な言葉が浮かんだ。精神の変調の境かもしれない。残された動きは押すだけだった。風が舞い、視界の端に土色の枯葉が映り、それが石井の後ろの髪に引っかかった。石井が微かに反応する。心臓に鈍い痛みが走る。今振り返られれば言い逃れができない。近過ぎる。私は押すしかなくなってしまう。胸が圧迫され、息はもう吸うことしかできないが、右腕は震えていない。枯葉を気にした石井の手が動く。黒い点が点滅する。苦しげに歪むその枯葉は、石井の髪にしがみついているようだった。そんな風に、何かにしがみついてはいけない。石井が手の動きと同時に振り向こうとする。私は声を上げそうになり、咄嗟にさらに近づいていた。黒い点が点滅する。石井の歪んだ髪の先、その一つに丸い光が当たっている。なぜこれほど、はっきり見えるのだろう。枯葉が落ちる。私の緊張が一旦緩む。石井の手が止まり、再び前を向く。

石井は若かった。わかりきったことだった。試しに肩の側まで近づけた私の腕は、激しくなる鼓動と呼吸に邪魔され、それ以上行きたがらない。濡れて弾力のある無表情の金属が、胸の中の血管を無理に四方に押し流れていくようだった。この抵抗を、同種を殺す拒否感を、生物学に関わる私は、その尊重を直視させられる。

それに、若い人間は殺せない。人生を侮蔑するなら別の方法だ。大丈夫、と私は自分の中で動く何かに伝えているようだった。ちゃんと破滅する。ちゃんと駄目になる。あと少し待つくらいいいいじゃないか。

「石井」私は言っていた。

「ここは危ない。戻ろう」

視界が回転し、驚きながら頭を守ろうとした時、背中の大半を何かに打ちつけていた。身体が斜面を滑り落ちている。地面を踏み外した右足の感覚が残っていた。滑る途中で肩に何かが激しくぶつかり、私は宙に浮いた。上下がわからないまま、着地したくない、と思った。奇妙だが、巨大な雪の山々を背景に、個として宙に浮く自分を外から見た気がした。着地したくない、ともう一度思った。着地していい高さではなかった。

疎外個体

目が覚めたのか、一瞬何かの加減で、意識の停止があっただけなのか、わからなかった。

吹雪になっていた。私は立ち上がったが、両足に鈍い痛みがあり続けた。肩や背中にもそれはあり、息が止まるようで、でも細くなる気道に逆らうように、息を吸った。

雪崩でなく、自分だけが滑ったらしかった。私の無意識が、私を止めたのだろうか。私は既に石井を押すのをやめていた。でも私の実行を認識し、私を止める準備をしていた無意識が、中止に気づきながらも、流れのような何かが止まらず、私の右足を滑らせたのだろうか。そんなことを考えた。

自分が落下した斜面は、斜めに降る雪でよく見えない。ここにいるのはまずかった。雪崩の危険がある。

歩いたが、肩の痛みは何とかなるものの、足と背中のこの痛みでは、遠くに行くのは難しかった。でも回復を待てば、剝き出しの顔の皮膚や耳は、少なくとも凍傷になるだろう。さらに長くここにいれば、低体温で死ぬかもしれない。

吹雪で見えないが、私の知らない場所であるとわかっていた。巨大な山の連なりを背後に感じたが、全ては私に無関心にそこにあるのだと思った。遠くに見える直線の木々も、沈黙した山々も、無造作に降り続ける白過ぎる雪も、何か自然の法則でそうなっているだけであり、小さ過ぎる私の存在など意に介していなかった。

森林に入れば雪を多少避けられる。地面の雪に足を取られながら、何とか木々の陰に入った。だが降る雪は斜めに入り、私の全身を打ちつけた。予備のゴーグルがあるのに気づいたが、かける気力がなかった。手足の感覚が鈍くなっている。死を予感するべきだが、まだ信じられず、上手く意識も動かなかった。当然のことながら、私を励ます存在もいない。

兎がいる、と思った時、それが逃げ、兎がいた辺りに、一匹の猿がいた。歳を取り、単独行動になったオス。〝疎外個体〟。

猿は一瞬消滅し、また現れ、今度は輪郭がはっきりとした。その猿は私を見ていた。何をしているのだという風に。鼓動が速くなっていく。猿の右腕はねじれ、動いていない。この猿は。私は思っていた。この猿は、「鈴木事件」でいなくなったとされた、腕の不自由な猿かもしれない。でも、そんなことがあるはずがなかった。

斜めに降り続ける雪に変化はなく、白が増していく周囲は音が消えたようだった。あの猿のはずはない、と思いながら、あり得る可能性を考える自分を意識した。〝疎外個体〟は、百七十キロ以上移動した記録もある。あの群れがいたのは隣県だった。ないとはいえなかった。猿はまた一瞬消えたが、再び輪郭をはっきりとさせていた。

この猿が本当にそれなら、鈴木は猿を殺していなかったことになる。だが実際に見る目の前の猿の右腕は、これまで無数の猿を見てきた私の経験から、生まれつきには見えなかった。人為的なものに見えた。

猿は無造作な吹雪の中、残された片腕で木にしがみつき、芽を食べていた。もう私を見ていない。

動かない右腕はそのままに、残りの動く肢体を使い、彼は生きていた。吹雪で不機嫌そうだが、黙々と木の芽を食べている。腕が人為的なら、それは他者の悪意による、理不尽な惨劇に違いなかった。でも彼は残りの身体の動く部分を使い、芽を食べ続けている。

野生の生物が時々見せる美しさが、そこにあるように感じていた。存在として、そこにあるということ。存在しているという、それそのものが持つ尊厳や威厳のようなもの。彼は動く左腕で今度は木の皮を剝がし、口に入れ咀嚼した。不意に涙が浮かんでいた。周囲は関係なく、彼はその全身で生きている。存在している、そのことの誇り。

でも私の目に浮かんだ涙は、感動のそれではなかった。私は、自分があなれないことを知っているのだった。

確かに彼は美しい。周囲に関係なく、黙々と生きる彼の生き方は時々思い出すべきものであり、見習うべきものだった。内面をそう打たれはしたし、頭でも理解したが、でも私はやはり論文を、他者より優れた論文を書きたいと思っているのだった。自分だけの発見を、できないともうほとんどわかっているのに、まだ得たいと思っているのだった。

浮かんでいた涙が落ちた。立ち尽くす私の前で、彼は芽を食べ続けている。私に対し、お前は馬鹿だという風に。そうだ。私はずっとこのようなものだった。だから望みを忘れようとしても、ずっと苦しさが内面にあり続ける。私は幸福になれない。私達は、自分達の人生を正確に判断しようと努めるほど、もう本当には幸福になれない。

幸福？　目の前の猿が問うようだった。〝何を言っているのだろうか。私は幸福ではない〟彼が私をずっと見ていた。〝私は吹雪のなか芽を食べているだけだ。私はただこのようにあるだけだ。君達の尺度を私達に当てはめるな〟

私は座り込んでいる。睡魔だった。後頭部の辺りの何かが、重く奥へ引かれていく。猿がこんなことを言うわけがない。だが彼が問うているとしか思えなかった。幸福？　猿が再び問い続ける。致命的な何かを越え、私は倒れていた。

〝別に幸福でなくてもいいだろうが〟

＊＊

目が覚めると、私は硬いソファベッドの上にいた。

台所に男が立ち、蟹に似た背を向けている。あの猟銃の男の部屋だった。

整理券

亜美が垂直に落下する。首吊りの紐が切れた。

咄嗟に伸ばした私の腕と、下にいた小柄な女性の背中に倒れかかり、崩れるように地面に落ちた。息をしている。生きている。

大丈夫か、と聞こうとした時、亜美がすぐ立ち上がり列を離れた。私を見なかった。

私は亜美を追って、列を出ようとしていない。別れて五年後、彼女が自殺未遂をしたと噂で聞いていた。そのとき迷いながら連絡しなかった自分を、私は列でも再現しているようだった。

「さっき」私はすぐ後ろの手相の男に言う。

「我々の現実はこの列ですが、生活してる私達が別にいるのでは、と言いましたよね。つまりもう一つの世界があると」

「はい」

「恐らく違いますよ。別の世界なんてない。これはそんな甘いものじゃない」

私は続ける。考えをまとめながら。

「カフカの『変身』という小説があるでしょう？　主人公がある朝突然、巨大な虫になってしまう話」

「知らないです」

「千年以上前の中国にも、人が虎になる話がある。つまり、よくわからないですが、ある意味それと同様の現象なんじゃないでしょうか。私達の生活が、突然列のこれに変わったんですよ。しかもたちの悪いことに、さらに私達の過去まで、順番はずれたりしてますが、列風に、列用のものに変わりつつある。過去とは記憶で、記憶は存在そのものでしょう？　つまり私達そのものが、列のこの現実に、記憶も含め変わろうとしてるんです。私がこれまで列で経験していることは、奇妙にずれてはいますが、全部過去のこととはっきりしましたから。……生活は、突然変わってしまうことがある」

私は頭上の赤い鳥達に目を向ける。

「何でか知らないけど、今はあれが飛んでるから、少しずつ思い出せます。でも恐らく、じきにああいうのもなくなるんじゃないでしょうか。私達はもう、過去までが変容したんです。そしてこれからしばらくすれば列の、つまりこの現実だけが続く」

「なぜですか」

「知らないですよ。元々生活してた私達だって、自分達の世界が本当はどんなものか、知らなかったじゃないですか。……交通誘導員が、とうとう信号機に変わったというか」

手相の男の後ろの人間が、彼に耳打ちした。元々動揺していた手相の男の表情が、さらに歪む。彼が口を開いた。

「あなたの言うことが本当なら、最悪です」

「はい」

「そして今、後ろから伝言が来たのですが、……ほら、いま後方が騒がしいでしょう？」

首吊り死体の騒ぎとは別に、確かに短い声が時折上がっていた。

「後方からの噂ですが、どうやら私達は全員、整理券を持ってるらしい」

「は？」

「私達のポケットに、入ってるらしいですよ。後方の誰かが見つけて、他の人間も持ってたって。券はそれぞれ違うらしいです。つまり」

手相の男の視線が、言いながら揺れた。

「私達が、何のために並んでるかわかる。それが書かれてる」

「知りたくない」

私は反射的にそう言っていた。鼓動が微かに速くなっていく。

「ええ、私もです」

「嫌だ。自分を知ることになる」

後方から、様々に声が聞こえる。私達の言葉を聞いていたすぐ前の小柄な女性が、さらに前方に伝えていく。

手相の男のすぐ後ろの男が、自分の胸ポケットに細い指を入れ、慎重に何かを順に取り出した。以前そこにいた男はいなくなっていて、別の男になっていた。小さな長方形の紙が、二枚ある。

「複数なのか」

男は呟き、その自分の整理券を見る。彼は動揺していて、私と手相の男の視線に気づいていない。

整理券にはそれぞれ、「同期で最初に部長になり、とにかくもてること」「仮想通貨」と書かれていた。

首や背中に寒気を感じた。何とつまらない人間だろう。

「見ないでくださいよ！」気づいた男が言う。声が揺れている。

「見てない」

「嘘だ！」

私は視線を逸らす。前の小柄な女性、彼女のみすぼらしい整理券が視界に入る。四枚だった。「子供の成功」「侮辱されず、家族の幸福を見せる」彼女も似たようなものだった。残りの二枚は「夫の出世」「母からの評価」。いや、人間はどれも、似たようなものかもしれない。これが当然だ。そうでない人間などいない。彼女の前の男の整理券も見える。「ゆとりある田舎生活を見せる」というのに加え、「愛人の多い弟の妻を、自分も犯したい」とある。彼は自分の整理券に茫然としている。

私はマウンテンジャケットのポケットを探る。見たくない。でも探す指を止めることができない。

チャック付きの右ポケットに、それはあった。他にはない。私には一枚しかない。

見るまでもなかった。私の願いは論文だ。それだけの人生だった。

視界が狭くなる中、整理券を見る。「列に並ぶこと」とあった。

「ということは」

手相の男が、私の整理券を覗いて言う。私は困惑する。意味がわからない。

「あなたの目的は、並ぶことなんだ」

「は？」

「何かの願いより、もう並ぶことが目的になってるんですよ。……最悪だ。もう中毒に等しい」

「違う」

「でもそう書いてある。つまりあなたは、本当は」

手相の男の声に同情が滲む。私の望んでいない同情が。

「他人と自分を比べてずっと文句を言い、ずっと苦しんでいたいんだ」

列の始まり

蟹に似た男が振り向く。寝た振りをしようか迷い、意味がないと気づく。私には厚い毛布が二枚掛けられ、つまり介抱されている。

危害を加えるなら、既にしていたはずだった。密かに逃げても、彼は猿を殺し小屋に来たのだから、私達の居場所を知っている。

少なくとも今は、私に危害は加えない。何か要求があるのかもしれない。側に立てかけられた猟銃は古く傷み、まだ自分を使う人間にうんざりしているように見えた。もう撃つな、疲れるのだという風に。恐らくあの猿を撃った銃。

男は目を開けた私を無言で見続けている。私は身体を起こした。礼を言わなければならない。

「すみません、ありがとうございました。助けていただいて」

男が頷く。部屋は暖かかった。男がポットで湯を注ぎ白湯を出した。飲むと体内に残っていた冷気が死んでいく。

「救急車、呼びますか？　呼んだ方がよかったかなって、迷ってたんですけど」

「大丈夫です。ありがとうございます」

男は自然な動きで私と猟銃の間に入り、木箱をずらし座った。五十代の前半くらいに見える。テーブルはあるが、椅子がない。

「……椅子が嫌いなんです」

男が言う。私の視線に答えるように。

「椅子が嫌いなんて、変な言い方だけど」

私は何も言うことができない。意味がわからない。

「昔は、作業員をしてたんです。土木の。資格もあった。……でも怪我して」

なぜ猿を殺したのだろう。村人からの依頼だろうか。

「色々あって疲れて、今はこうやって一旦田舎に帰ってきて猟をしてるんだけど、猟友会に入ったら入ったで、また色々あって困るというか。……率先してやるのはどうせ私なんだから、私が主導権を握った方が絶対上手くいくんだけど。今度クマが出たら私が先にしとめたい。あんな連中じゃなくて」

男が独り言のように続ける。

「すぐまたどこかに行くつもりだったけど、何だかんだ居ついてしまって、……まだ迷ってるんですけど、結局長くいることになるかもしれないし、今度冷蔵庫とか、色々」

喋り続ける様子を見て、男の孤独に気づく。

男もそんな自分に気づいたのかもしれない。小さく舌打ちをし、テーブルの上の傷の目立つスマートフォンを摑み、眺め始めた。自分には、君の他にちゃんと知り合いがいるという風に。用もあるという風に。

沈黙が続く。外の雪は止んだようだった。

「しかし、……あれですね」

男が言う。スマートフォンを眺めながら。彼の声には唾液音が混ざる。

「昔はこんなに、色々知らなきゃいけなかったかな」

「何がですか」

「いや、ニュースとか、知り合いの近況とか。……ここまで知る必要、ないんだけど。昔はこんなにも、周りを見ないといけなかったかな」

「……そうですね」

また沈黙が続く。私は気になっていたことを聞いた。

「私が倒れていたところに、猿はいましたか」

「猿？」

「はい。片腕が不自由な」

「片腕が？　いやいない」

あれは夢だろうか。男が座る木箱の木目の幅が、下にいくほど窮屈になっていく。渋滞したように、苦しくなっていく。

なぜ猿を撃つ？　とは言わなかった。なぜ知性のある我々の方が、彼らを殺すのかと。

「君達は、死体はちゃんと処理して欲しい」

意味がわからない。

「何がですか」

「死んでたんだよ、猿が。……餌付けして飼ってるんでしょ？　死んだら埋めるべきだ。小屋まで運んでおいたよ」

彼が撃ったのではなかったのか。鼓動が速くなる。嫌な予感がした。

「その猿は、どこで？」

「君がいた場所の近くだよ。小さな雪崩で死んだんじゃないか。あそこに古い小屋、あるんだけど、……珍しいよ、猿が単独であの辺に来るなんて」

はぐれた時、猿が仲間を見つけるために上げる、特殊な叫び。私が捕獲したあのメス猿が、その声を上げたのか？　そして近づいてきたオスが死んだのか？

それなら、あの猿が死んだのは私のせいだ。

「あとそのポーチ拾ったけど」

私のせいだ。あの猿が死んだのは。

「君達は一体、何をやってるんだ？」

「え？」

その水色のポーチは石井のものだ。石井が落としたものが、私と一緒に滑り落ちたと思われた。

「猿の耳が入ってたんだよ。そのポーチに」

＊

「人間のＤＮＡは、九八・四％が、チンパンジーと共通してます」

痛みはあるが、私は歩くことができていた。

「チンパンジーが全ての生物の中で、最もＤＮＡ的に人間に近いんです。……彼らと人間の共通の祖先は、約六百万年前に枝分かれして、片方はそのあと人間に、もう片方はチンパンジーともう一種、別の猿に分かれます。あまり知られていない種ですが、ボノボという猿です」

自分が閉じ込めたメス猿を、すぐ解放する必要があった。石井は、蟹に似た男が運んできた猿の死体から、耳を切り取っていた。そのような彼があの囚われたメスを見たのだから、何もしないと思えなかった。

男に止められたが、向かうことにした。男は猟銃を背負い、一輪の手押し車を押しついてきた。足を少し引きずっている。

「チンパンジーは思いやりのある種ですが、同時に同種を殺すし、戦争もします。圧倒的な男性社会で、性暴力もある」

「……それに一番似てるなら、人間は何ていうか、未来も暗いね」

「そうなんですが、そうとも言い切れないです」

また降り始めた雪を避けるため、林に入った。草が右から順に揺れ男が反応する。痩せた野兎だった。男は撃たない。

「恐らくチンパンジーの次に、人間に近いDNA配列を持つのが、そのボノボです。生物にはDNAが遠くても、似た進化をすることがあります。だから人間がこれからボノボに似ていくケースもあり得る。ボノボは女性社会です」

「へえ」

小屋が見える。ドアを開けるとき胸がざわついたが、メスは檻の中で生きていた。私が入れたゴーグルも残っている。

檻の中に男がくれたミカンを一つずつ入れると、猿が勢いよく齧った。私は目を逸らした。

「……昔」男が独り言のように言う。

「猿の本を出した学者を、テレビで観たことがあってね。……かなりいけすかない奴だった」

檻を手押し車に載せる。群れまでは距離がある。

「すみません、色々と」

「いいよ。それで何の話だっけ？」

「ああ、ボノボです」

ドアを開け、男の古びた手押し車を先に通す。私はさっきから、観衆に向かうように話している。広い会場で、私を熱心に見つめる人々の前で。

「ボノボは、メスの方がオスより身体は小さいですが、……何かあると団結して、オスを攻撃します。だからメスの方が優位にあるんです。基本的に、オスはメスに逆らえない。別の群れと出会った時、チンパンジーは戦争しますが、ボノボはどうすると思いますか」

「何だろう、逃げるの？」

「相手の群れと、セックスするんです」

「ええ？」

「戦争はせず、お互いの群れの緊張を解くために、まず相手とセックスします。ボノボは哺乳類の中でも、屈指の性的な動物です。動物の性行為のイメージは後背位ですが、ボノボにはたくさん体位があって、正常位でもするんです」

「……なるほどね」

男の反応が、やや変化している。性的な話が、好きではないのかもしれない。

「……ボノボの世界では、だから戦争は起こらない。優しさという面では、ボノボはチンパンジーより、いや人間より秀でてるかもしれない。……なので、人間がこれからボノボ側に寄れば……、未来は変わるかもしれないです」

でも、なぜ私はこの話をしたのだろう。遠くに群れが見える。このメスがいたG群。私はこのメスには、一文字の名前もつけていない。このメスは、以前殺処分された【知性】に似ているのだった。枝に興味を持ち、いつも楽しげに見えた【知性】に。

猿に向き直る。男に聞こえても仕方なかった。

「申し訳ない、本当に。……二度としない」

身勝手な謝罪を小声で言い、檻の出入り口を開けた。猿はわかっていたようにゆっくり外に出、こちらを見る群れに叫び声を上げた。檻の中のゴーグルを猿は摑んでいて、それをこちらに向けたので、私はまるで受け取る形になった。予備を持ってきていたので、二つ持つことになる。風で雪が舞う。ゴーグルを手にして立つ私をそのままに、猿は背を向け、群れに緩慢に向かっていく。私はその背に向けて、何かを言いたいと思った。

でも、雪が降る遠くの丘に、人が並んでいた。

「あれは、……なんでしょうか」

私の言葉に、蟹に似た男が同じ方向を見る。

「なんでしょうね。……行きますか」

男は空の檻の載った手押し車を、ひとまずという仕草で側の木に立てかけた。人を脅かすと思ったのか、猟銃もその上に残していく。この動作はおかしい。猟銃をこんな場所に置くのは危ない。でも男はそうするし、私もなぜか止めようとしていない。列に近づいていく。雪の上に、大勢の人間が一列に並んでいる。石井や亜美が、既に列の中にいた。

最後尾は鈴木だった。片腕が不自由な猿と、片足が不自由な猿の記録を本にし、捏造を疑われ失踪した男。テレビに出ていた時と同じ、藍色のスーツを着ている。雪が止んでいく。

「……どうしてこんなところに」

私は言う。彼がここにいるはずがないのに、私はなぜ驚いていないのだろう。鈴木は鉄色の目でこちらを怪訝に見たが、やがて私が誰か、思い出したようだった。手にはくたびれたビジネスバッグを持っている。

「人が並んでたからね、なんだろうと思って」

鈴木は私のレポートを知っているはずだった。あなたは猿の手足を傷つけた、と今は言わなかった。その猿が近くにいるかもしれないとも。私もさっきまで、猿を檻に入れていた。

この列には、並んではいけないと思っていた。でもなぜか、並んでいない人間は、いないとも思っていた。

「嫌な予感がする」私のすぐ後ろに並びながら、蟹に似た男が言う。

「並んだら、まずい気がする」

「はい、私もそう思います」

「俺はさっき、なんで危ないのに、銃をあんなとこに置いたんだろう。並ぶから重いって思ったんだけど、……なんで並ぶって思ったのか」

私はさっきの自分が、なぜ急にボノボの話をしたのかをもう一度思った。最後に、希望めいたことでも言いたかったのだろうか。でも、ではなぜ最後なのだろう。

私達の後ろに人が並び始める。私達が列に固定されていく。

再び雪が降り始める。檻から出たさっきの猿が、遠くで一度、列に並ぶ私達に振り向いた。私は列に固定されながら、その猿の背に向かって、やはり何かを言いたいと思った。浮かんだ言葉は、君は自由だ、というものだった。でも、と続けて思う。私の目に涙が滲んでいた。君達の自由は、ニホンザルという種、その範囲内での自由なのだった。

ニホンザルは母系集団だから、君はこれからも、母親との関係に囚われるだろう。群れから出ることも、恐らくないだろう。春や夏なら腹を満たせるが、冬はいつも苦しいだろう。君がオスなら一定の年齢で、群れから出なければならない。次第に他者への興味とコミュニケーション能力を失っていき、一人で生きる〝疎外個体〟になるだろう。

でも、と私は思っていた。楽しく、あれと。そのような中でも、楽しくあれと。なぜそう言いたかったのだろう。あの猿に似ていた【知性】が、いつも楽しそうに見えたからだろうか。私の人生というものが、これまで楽しさとは別のところにあり、楽しくあることを忘れていたからだろうか。

猿である君達は、何かあると反射的に同じ方向を見る。同一行動を取りたがる。敵から逃げ、何かを食べるため、仲間の様子を敏感に察し、むやみに真似をする。恐らく私達は、君達からそれを受け継いでいて、でも君達より自由の幅は本当は大きいはずなのに、今や苦しくなっている。

私達の列が長くなっていく。

雪が止んで消えていき、周りがまばらな芝生の広場になる。周囲に立つ木々の種類と間隔が変わっていく。

頭上に鳥が飛ぶ。こんなところにいるわけがない。あれは〝アマゾンの声〟と呼ばれるムジカザリドリだった。私がアルバイトをし、自費で行ったアマゾンにいた鳥。十二羽いる。木がイチジク属の、絞め殺しの木に変わっている。

「あれは」

私が言うと、蟹に似た男が咳払いをする。

「……ヘリコプター」

「え？」

「私は何で、トンネルの現場にいるんだろう。近くに基地があって、今日はヘリコプターか、今日は輸送機かって、何だか見てたんだよ」

見てるものが違うようだった。見上げても、手が届かないものであるのは同じだった。色々なことを、少しずつ忘れているようにも思っていた。きっかけがないと、上手く思い出せないというような。私は自分が、何か抽象的なものになっていくような、そんな気もしていた。肩や足、背中の痛みが不自然に消えている。落ち着かなくなり、意識的に身体の重心を左に傾け、右に傾けた。

これからの自分も励ますために、私はあの猿に、それでも楽しくと言いたかったのだろうか。私は何かしたくなり、さっきから自分の脳裏を埋めようとしてくる言葉を、そのまま「楽しくあれ」と近くの地面に足で書いた。

ムジカザリドリが飛び続ける。スクロールする画面を見続けた後のように、軽い眩暈がし始めた。

視界の揺れが酷くなる。その列は長く、いつまでも動かなかった。

先が見えず、最後尾も見えなかった。何かに対し律儀さでも見せるように、奇妙なほど真っ直ぐだった。

ここはどこだろう。

修理屋

「全て、思い出しました」

私は言う。頭上では〝アマゾンの声〟ではなく、無数のショウジョウトキの赤い群れが飛び続けている。出現時間が長い。私の記憶を全て集め、再生するかのようだった。

「私もです」

手相の男の声は、私と同じく疲労していた。私は続ける。

「あくまで予感ですが、つまりこれから、本格的に列以外を全部忘れて、これまでの過去は、列風のものに記憶も完全に変わっていくんじゃないでしょうか。……どうやって列に並び始めたのかも、思い出せなくなるんじゃないでしょうか。元々、生まれた瞬間を思い出せないのと同じというか。……今はその移行期で、点滅してる状態というか。存在の点滅」

「その後はもう、ずっとこういう列？」

「わかりませんけど、……元に戻れば、列の出来事はまた全部生活のものに変わるのかもしれないです。でも……、全員思い出したはずなのに、誰も列を離れないですね」

「それはそうでしょう。離れたって、またいずれ何かに並ぶことになる。これからは抜いたり抜かれたりして、順番が変わったりもするかもしれない」

手相の男の声が、さらに疲労していく。

「そう言えば、試したことがあるんです。前の人間ばかり見てると辛いから、手相見るだけじゃ限界で横を向いたんですよ。しばらく楽でしたけど、……やってみてください」

私は身体の向きを横に変えた。特に何も起こらない。イチジク属の、絞め殺しの木が点在している。でも徐々に、目の前に人の背が見え始めた。

振り向くと、後ろにも人がいる。十字になった列の中点にいた。気味が悪くなり、身体の向きを戻す。

「しばらくすると、また列は一つになりますよ。どの方向を見ても、人が並んでる。反対でも、斜めでも。……もし何かの列に先頭の人間がいたとしても、Tの字みたいに、多分どこかの列に接続してるんじゃないかな。……向きを変えれば別の比較になって、先頭じゃなくなる。全てトップの人間なんていないですからね。そもそも、トップが実在するかも怪しい。自分がトップと思えなかったり、人間は時に、自分を死者とも比べますし」

前の小柄な女性が、ようやく前を少し詰める。私達の間隔が多少広がる。手相の男が続ける。

「ここには柵も線もありませんから、私達が全員で、こういう状態をつくってるだけで……。でも仕方ないですよ、そういう習性なんでしょう。それに幸福の実現量は限られてる。量は同じまま増大させるには、後ろに人がいないと。比較して優越を感じたり、羨ましがってもらわないと」

「……あなたは、何を？」

「ああ、まあ見せたくないですけど、あなたの見ちゃったし。でも一枚だけですよ。他の二枚は性的な願望で、自分でも愕然としましたから」

彼が自分の整理券を一枚だけ見せる。「家電を作る」とあった。

「もしかして、あなたは修理を？」

「そうか、ならあなたは、ワープロの修理を依頼した人ですね」

私は驚くと同時に、恥を覚えた。

「……私のメール、見ましたか」

「ええ、狂気的でしたね」手相の男が、何でもない風に言う。

「それだけ追いつめられてたってことですね。そもそも、返事をしなかった私が悪いし」

手相の男が頭を浅く下げた。

「いや、ほら、……前にあなたに話したでしょう。私は嫌なことがあると、手相ばかり見てたって。……とても小さい頃にね、感動したんですよ、扇風機に。お腹が空いて、何度母親の店に電話しても出てくれない。暑くて何気なく扇風機をつけたんですが、……それは、ボタンを押したら回ったんですよ。当たり前のことですけど、ボタンを押したら、それは私に応えてくれたんです。……電化製品に助けられました。火を通さないとヤバそうなものも、電子レンジで食べれたし。だからってわけじゃないですけど、家電メーカーに入って、独立してブランドを立ち上げて倒産して、今は中古店と修理屋です」

「……なるほど」

「あなたのワープロの品番は、多分私じゃ直せないってわかってたので、……前に、直せないと伝えたら、罵倒されて体調崩したことあって。……申し訳ない。無視してしまった」

「……もしまた列じゃない毎日に変わったら、今度は直してください」

「ええ。列じゃない毎日も、まあ列ですけどね。……しかしまあ、列を肯定的に見るのなら、何かを諦めても、また別の列があるからいいじゃないか、と思うことはできる」

私は自分の整理券を再び取り出す。

「ペン、持ってますか」

「ないですね」

「……どうぞ」

私達の話を聞いていた、前の小柄な女性が渡してくれた。私はそのペンで、「列に並ぶこと」とあった文字を斜線で消す。

「私は猿を研究してます。それは続けますけど、……自分の本質の通りに、生きる必要もないというか」

私はしばらく迷い、代わりに「励ます」と書いていた。

「みんなしんどいですからね、……私は本質的にそんな善的じゃないですが、試しになろうとしてみることで、本当にそうなるかもしれない。……励ますのを競うなんて変ですけど、自分がこれまで最もされなかったことを、人にしてみるのはどうかなと。それが変わるということかもしれない」

手相の男のやや離れた後方に、以前エレベーターで見た、双子用の赤いベビーカーを押す女性がいた。大きなベビーカーに手を置き、無表情で並んでいる。

それならあの時、本当に譲るつもりで、エレベーターを降りればよかったかもしれない、と私は思っていた。いや、彼女が私より後ろだから、そう思ったのだろうか。彼女は私より、遥か前にいるような人間に見えた。でも後ろにいた。外からじゃわからないのだ、本当のことは。

列の前で三人、別々に男が離れようとしている。その一人のカールした髪型を見る。石井だった。

「彼に言わないといけないことが、……この場所、取っておいてくれますか」

「今なら多分、後ろも騒がないんじゃないですかね。みんな思い出してそれどころじゃないし」

私は列を離れる。私の声に石井は立ち止まったが、目を逸らした。

「急に道からいなくなって、探しましたよ。どうしてたんですか。……あれから僕は、火のことを大学に連絡してしまいました。だから草間さんは」

密告みたいだな、とは言わなかった。

「いいよ。元々俺は、実はクビになってたから」

「これからどうするんですか」

君の知ったことではない。

「アマチュアで、猿は研究するつもりだよ、これが元に戻ったら」

彼は猿から耳を切り取っている。彼のそのような部分が、少しでも融和されれば。私の本心かはわからなかったが、そう思うことにした。

「これ、かけるといいよ」

私はマウンテンジャケットのポケットに手を入れ、二つあったゴーグルのうち、猿の檻に入れていない方を渡す。薄くグレーがかっている。

「列は仕方ないけど、見たくない時、これがあればはっきり見なくて済む。意外なものが、役に立つことがあるよ」

「……そうですね。でも僕は自分のがありますので、それをかけますよ」

「なら亜美、さんに。彼女を探しに行くんだよね」

石井は自分の青みがかったゴーグルをかけ、私のを受け取った。これをかければ彼女も、周囲をはっきり見なくて済む。

「わかりました。……では」

「石井」

「はい」

「君は自分で思ってるより、きっといい奴だよ。みんなそうだ」

石井はしばらく私を見ていたが、表情はゴーグルでわからない。

本当は、私の論文で彼を驚かせたかった。この研究の、未来は明るいことを下の世代にも示したかった。石井は軽く頭を下げ、亜美を追って去っていく。その目が真剣だと思うことにした。

私は列に戻る。手相の男が場所を取っていてくれた。私はもう一つのゴーグルをかける。

「それ、いいですね」

「ええ。辛くなったら貸しますよ」

鳥の声が聞こえ見上げると、灰色のムジカザリドリだった。〝アマゾンの声〟と呼ばれる鳥。

この鳥が出現すると、私は少し前のことを忘れてしまう。三羽でそうなったはずで、十二羽の時はかなり忘れたはずだった。今回は、赤い鳥の群れと似て無数にいる。判別できない鳥も混ざっているから、前とは違うとも思った。列以外を、これから全部忘れるのかもしれない。

私は今のうちにもう一度、試しに〝楽しくあれ〟と地面に書いた。これは忘れない方がいいと思っていた。前は消えてしまったが、今度は覚えているだろうか。

眩暈が酷くなる。これまで、経験したことがないほどに。視界が揺れる。意識が途切れたような感覚があった。私は目を開く。

その列は長く、いつまでも動かなかった。先が見えず、最後尾も見えなかった。何かに対し律儀さでも見せるように、奇妙なほど真っ直ぐだった。

近くの地面には、「楽しくあれ」と書かれている。

初出　「群像」二〇二三年七月号

主な参考文献

・『ニホンザルの生態』伊沢紘生／どうぶつ社
・『新世界ザル（上・下）』伊沢紘生／東京大学出版会
・『新しいチンパンジー学』著＝クレイグ・スタンフォード／訳＝的場知之／青土社
・『道徳性の起源　ボノボが教えてくれること』著＝フランス・ドゥ・ヴァール／訳＝柴田裕之／紀伊國屋書店
・『日本のサル』編＝辻大和・中川尚史／東京大学出版会
・ニホンザルの保護及び管理に関するレポート（平成30年度版）／環境省資料
・『自殺論』著＝デュルケーム／訳＝宮島喬／中公文庫

※　作中の「転落」の引用文は、新潮文庫版。大久保敏彦訳です。

あとがき

長い小説ではないのに、二年半以上、ずっとこの小説を書いていた。ずっと、ずっと、この小説を書いていた。

人間の存在というものを、特徴的なシチュエーションそのものでも、表現するような小説。列というイメージが浮かんだことで、書くことができた。

今作も、僕にとってとても特別な小説になった。何かを感じてくれたら、作者としては嬉しい。

これからも、読者の皆さんと、共に生きていけたらと思う。読んでくれた全ての人達に感謝します。

二〇二三年九月十四日　中村文則

中村文則（なかむら・ふみのり）

1977年愛知県生まれ。福島大学卒業。2002年『銃』で新潮新人賞を受賞しデビュー。04年『遮光』で野間文芸新人賞、05年『土の中の子供』で芥川賞、10年『掏摸《スリ》』で大江健三郎賞を受賞。『掏摸《スリ》』の英訳が米紙「ウォール・ストリート・ジャーナル」で2012年の年間ベスト10小説に選ばれる。14年、米国のDavid L. Goodis賞を受賞。16年『私の消滅』でBunkamuraドゥマゴ文学賞を受賞など。他の著書に『何もかも憂鬱な夜に』『去年の冬、きみと別れ』『教団X』『あなたが消えた夜に』『R帝国』『カード師』など多数。エッセイ集に『自由思考』、対談集に『自由対談』がある。

※中村文則公式サイト（新刊情報など）　http://www.nakamurafuminori.jp/

列《れつ》

二〇二三年一〇月三日　第一刷発行

著者　中村文則《なかむらふみのり》

発行者　髙橋明男

発行所　株式会社講談社

〒一一二-八〇〇一　東京都文京区音羽二-一二-二一

電話　出版　〇三-五三九五-三五〇四

販売　〇三-五三九五-五八一七

業務　〇三-五三九五-三六一五

印刷所　TOPPAN株式会社

製本所　株式会社若林製本工場

KODANSHA

ISBN978-4-06-533339-6

装幀　川名潤
装画　ササキエイコ